楽しいスケート遠足

ヒルダ・ファン・ストックム　作／絵
ふなと　よし子　訳

福音館書店

A DAY ON SKATES
by Hilda van Stockum

First published by Harper & Brothers, New York, 1934
The Japanese edition published by Fukuinkan Shoten Publishers, Inc., Tokyo, 2009
Japanese translation rights arranged with John Tepper Marlin, New York, 2009

Printed in Japan

もくじ

楽しいスケート遠足

第一章　スケート遠足

ヨーロッパにある小さな国、オランダでのお話です。

低地《ていち》が広がるオランダには運河《うんが》や堤防《ていぼう》がたくさんあって、田園地帯《ちたい》には昔話に出てくるようなかわいい村々がちらばっています。

ある一月の夜ふけ、氷の大王が魔法《まほう》をいっぱいつめこんだ袋《ふくろ》をかかえ、国じゅうをこっそり歩きまわっていました。その年の冬は暖《あたた》かく、雨や霧《きり》の日ばかりが続《つづ》いていたので、子どもたちは文句《もんく》たらたら、年寄《としよ》りたちは咳《せ》きこみながらぶつくさ言っていたところでした。——いつもの冬はどこにいっちまったんだ！　美しい国は、まったくもってみじめなありさまです。畑や牧草地《ぼくそうち》は雨でぬかるみ、裸《はだか》の木々はあきらめたように、どんより曇《くも》った空に向かって枝先《えださき》を突《つ》きあげていました。

いつもの冬はもうこない。九歳《さい》のエベルトとアフケもそう思いこんでいました。毎日学校まで、木靴《きぐつ》をぬかるみにとられながら、氷まじりの泥道《どろみち》を歩いていかなくてはいけません。ふたりはフリースラント州のエルスト村に住んでいましたが、その一月の夜は、お母さんとお父さんが営《いとな》んでいる農家の大きなわら屋根の下でぐっすりねむっていました。ですから、家の外で氷の大王が動きまわっていることなど、ちっとも知りませんでした。

氷の大王はまず片手《かたて》を振《ふ》りました。すると、雪が舞《ま》いおりてきて、そのふわふわのマントで音という音をすべて包《つつ》みこみ、ありとあらゆるものをおおいました。つぎに雲を吹《ふ》き飛《と》ばすと、暗い夜空に星がまたたきだしました。さらに息をフーフーと吹《ふ》くと、さざなみを立てて流れていた水が静《しず》まりかえり、あっというまに凍《こお》りついてしまいました。続《つづ》けて息を吹《ふ》くと、窓《まど》ガラスに白い花もようがついて、きらきら輝《かがや》きだしました。また吹《ふ》くと、屋根や手すりから逃《に》げ出《だ》そうとしていた雨粒《あまつぶ》が、一滴残《てきのこ》らず凍《こお》ってつららになりました。もう一度吹《ふ》くと、裸《はだか》の木々は銀色の衣《ころも》をまといました。そして、また吹《ふ》くと雪はきらめき、小枝《こえだ》についた氷はピシッピシッと音をたて、村人はベッドの中でちぢこまりました。氷の大王の息がふれたものはなんでも、魔法《まほう》にかかったようにきれいになり、冷《つめ》たく凍《こお》りつくのです。

やがて、空がばら色にそまり、顔を出したお日さまが「ぶるるっ！」とさけびました。寝床《ねどこ》にいた人もみんな目をさまし、「ぶるるっ！」と言って思わず鼻をおおいました。氷の大王が立ち去りぎわに、鼻をぎゅっとひねっていったからです。

「ぶるるっ！　あーさむっ！」

エベルトとアフケもふるえあがり、毛布《もうふ》をきつく体に巻《ま》きつけました。ふたりはふたごのきょうだいで、そっくりのまん丸な顔と、淡《あわ》い空色の瞳《ひとみ》をしています。妹のアフケのほうがお兄さんのエベルトよりほんの少し背《せ》が低《ひく》く、亜麻色《あまいろ》の髪《かみ》をおさげに編《あ》んでたらしています。

「起きるの、やだなあ」アフケはぐずぐずしていましたが、エベルトは男の子ですから、ちょっとやそっとの寒さにびくついたりはしません。

「いちっ、にの、さん、それっ！」エベルトはかけ声をかけました。そしてベッドから飛《と》び出《だ》すと、冷《つめ》たい床《ゆか》の上をはだしでとびはねました。靴下《くつした》をさがしまわっているのです。

「ちょっと見て！　窓《まど》ガラスに氷のシダがびっしり。外が見えないくらいよ」アフケがうれしそうにさけびました。「やっとこれで、スケートができるようになるわ」

エベルトのほうは、もっと興奮《こうふん》していました。というのも、顔を洗《あら》おうとすると、水差《みずさ》しの水がかちんかちんに凍《こお》っていたのです。

「こんなのへっちゃらさ」エベルトは氷のかたまりを床《ゆか》に投げつけて粉々《こなごな》にすると、小さなかけらをひとつひろい、ピンク色の頬《ほお》にこすりつけました。氷はすぐにとけて、エベルトの指の間からしずくがぽたぽた落ちていきます。

アフケは寝床《ねどこ》の中からそんなエベルトのようすを見ていましたが、すぐに自分もやりたくなりました。そこで寒さを振《ふ》りはらうように、思い切ってベッドから飛《と》び出《だ》しました。

「あたしにも、小さいのちょうだい」

アフケがつっ立ったまま両手で氷のかけらをこすると、しずくがはだしのつま先にしたたり落ちました。その朝の身じたくは手間取りましたが愉快《ゆかい》でした。そんなわけで、階下におりていくときのふたりは、いつもほどきちんとしてはいませんでしたが、いつもの倍はにこにこしていました。下の部屋では、調理用ストーブが音をたてて燃《も》え、赤い炎《ほのお》を楽しげにゆらしてふたりにあいさつをしています。お母さんがストーブのかたわらに立ち、牛乳《ぎゅうにゅう》の入った鍋《なべ》を温めていました。

「あら、あら!」お母さんはふたりにキスをすると、さけびました。「ふたりとも、なんて冷《つめ》たいの!」

アフケは窓辺《まどべ》にかけよると声をあげました。「エベルト、見て！」
窓《まど》ガラスにできた氷の編《あ》み目《め》もようがストーブの熱《ねつ》でとけ、ふたりの目の前には夜の間に氷の大王が袋《ふくろ》から振《ふ》り落《お》としていった白と銀とのおとぎの世界が広がっています。家の前の木立は氷におおわれ、巨大《きょだい》なウエディングケーキの飾《かざ》りをそっくりそのまま持ってきて置《お》いたみたいです。ちらちら光る雪の表面には、扇形《おうぎがた》をした鳥の足跡《あしあと》がところどころについているだけで、踏《ふ》み跡《あと》ひとつありません。

「さっさと牛乳《ぎゅうにゅう》を飲んでちょうだい。すぐにさめちゃいますよ！」お母さんがせきたてました。

ふたりはゴクゴクと牛乳《ぎゅうにゅう》を飲みはじめましたが、廊下《ろうか》からお父さんの靴音《くつおと》が聞こえてくると、ぱっと顔をあげました。

「おはよう！」ドアが開いて、お父さんのほがらかな声がひびきわたりました。いっしょに冷《つめ》たい空気も流れこんできます。「ゆうべは零下《れいか》十二度までさがった。もうすぐスケートができるぞ」そう言うと身をかがめ、お母さんにキスをしました。

アフケは椅子《いす》にすわったままぴょんぴょんとびはねています。「もうすぐって、どれくらいすぐなの、父さん？」

「さあて、どうだろう。ほんとにすぐだといいけどね、おちびちゃん」お父さんは、アフケのつやつや光るおさげを引っぱりました。

　朝ごはんがすむと、お母さんはエベルトとアフケの首に暖《あたた》かいマフラーを巻《ま》きつけ、みがきたての木《き》靴《ぐつ》を出してきました。

「今日は中にわらを入れときましたよ。そうしとけば足も凍《こご》えないし、雪が中に入ることもないしね」

「母さん、パンくずちょうだい。鳥にあげるの。きっとおなかがぺこぺこよ！」

アフケは、お母さんからかごいっぱいのパンくずをもらって外に出ました。空気は冷《つめ》たく澄《す》んでいて、のぼってまもないお日さまも凍《こご》えているようです。アフケがパンくずをまくと、鳥たちがすばやく舞《ま》いおりてきました。たがいにつつきあったり、かん高い声で争《あらそ》ったりしながら、パンくずをむさぼるようについばんでいきます。

「ほんとにおぎょうぎが悪いんだから。エベルト、あたしたちがあんなことしたら、母さんにしかられるわよね？」

「もちろんさ。ほら、あのでかいのを見ろよ。あいつ、ひとりじめしてらあ。こらっ、しっしっ！」エベルトは大きな声をたてました。

かごがからっぽになると、もう学校に向かう時間です。エベルトは運河《うんが》にそった道のはしをのろのろ歩きながら、凍《こお》った川面《かわも》に小石を投げました。軽い小石は氷の表面をすべっていくのに、少し重たいのは氷を破《やぶ》って沈《しず》んでしまいます。

「早く、がちんがちんに凍《こお》ってくれないかな。ぼくたちももう、スケートの用意をしておかなきゃ」エベルトの言葉にアフケもうなずきました。

オランダの子どもなら、男の子も女の子もみんなスケートをするのが大好《だいす》きです。おとなだっておんなじです。それもむりはありません。なにしろ本格的《ほんかくてき》な冬がくると、国じゅうの運河《うんが》や水路が凍《こお》りついて、何十キロ、何百キロとも知れない氷の道ができるのですから。エベルトもアフケも、スケートを覚《おぼ》えたのはほんの小さいときです。アフケはたった三歳《さい》で、はじめてちっぽけなスケートをつけ、お父さんにしっかり支《ささ》えてもらいながらすべりました。それがもう今では、いっぱしのスケーターです。エベルトとなるともっとじょうずで、学校のスケート大会で何度も入賞《にゅうしょう》しているくらいです。もらった賞品《しょうひん》のひとつは『ロビンソン・クルーソー』というきれいな本でしたが、何度も読み返したので、とうとう表紙がはがれ落ちてしまいました。銀色の鉛筆《えんぴつ》をもらったときは、アフケにあげました。ついこの前のごほうびは『おりこうヘンリー』という本で、これは、いつもおぎょうぎのいい男の子のお話だったので、すぐに折《お》りたたみナイフと交換《こうかん》してしまいました。

「ねえねえ」アフケは学校に向かって歩きながら、ふわふわした気持ちになって言いました。「だれかがやってきて、一番の願《ねが》いごとをかなえてあげようって言われたら、なにをお願《ねが》いする？」

エベルトは一瞬《いっしゅん》考えこみました。「願《ねが》いごとなら、いっぱいあるからなあ。ひとつなんて選《えら》べないや。けど、ゾイデル海がぜんぶ凍《こお》って、北海もすっかり凍《こお》ったらいいな。そしたら、ここから北極《ほっきょく》までスケートでまっすぐいけるぞ」

「北極《ほっきょく》までなんて遠すぎる。きっと足首が痛《いた》くなるわ」アフケが言いました。

「それならソリを使えばいいさ」エベルトは引き下がりません。「白熊《しろくま》のしっぽにソリをつなぐんだ。白熊《しろくま》のやつ、なんだなんだ、どうなってんだって、うなったりはねまわったりして、そのうち死《し》に物狂《ものぐる》いで走るんだ。ソリをつけたままだぞ。ソリは氷の上で、はねたりゆれたりしてたいへんだから、ぼくたちはおたがい、しっかりつかまっていなくちゃならない。きっと、すごくおもしろいぞ」

「そうかなあ？」アフケはなんとなく疑《うたが》わしそうです。

「決まってるじゃないか。それにさ、親切なエスキモーの氷の家に泊《と》めてもらうんだ。そしたら、クジラをしとめる手伝《てつだ》いをしなくちゃ」

「ふーん」アフケはどうも気乗りがしません。

「どうせ、エベルトはエスキモーの人とふたりだけで出かけるんでしょ。その間、あたしは置《お》いてきぼりをくらって、クジラの骨《ほね》を洗《あら》ったりするわけね。そうはいかないわ。あたし、魚きらいだもん。いっしょになんていかない。エベルトがひとりでいけばいいのよ」

「アフケって、おこりんぼなんだから」エベルトは声をたてて笑《わら》いました。「けどぼくは、アフケがいっしょじゃなきゃ、いかないよ」

そうするうちもう、学校のそばまでやってきました。男の子や女の子があちこちに固《かた》まって、さかんにおしゃべりをしている姿《すがた》が見えます。ふたりに気がついた友だちが、笑《わら》いながら雪玉を投げてきました。

そのとき、冷《ひ》え冷《び》えした大気を突《つ》きぬけるようにしてベルが鳴りました。わっとかけだした子どもたちは、校《こう》舎《しゃ》の入り口で押《お》しあいへしあいの大さわぎ。どの子も息

を切らし、頰《ほお》は真っ赤です。中に入ると、数字がついてならんでいる壁《かべ》のコートかけにマフラーや帽子《ぼうし》をかけ、ぬいだ木靴《きぐつ》は床《ゆか》にきちんとそろえて置《お》きました。そうしてから、靴下《くつした》をはいただけの足でそれぞれの教室に急いでいってしまいました。あっというまに玄関《げんかん》ホールはがらんとして、ずらりとならんだ木靴《きぐつ》が、持ち主がもどってくるのをじっと待っているだけになりました。

エベルトとアフケは三年生のクラスです。けれど、ふたりはならんですわりません。男の子は教室の左側《ひだりがわ》にあるベンチに、女の子は右側《みぎがわ》のベンチにすわる決まりだからです。教室は、オランダのどこの学校もそうですが、明るくて、たった今みがきあげられたみたいにきれいです。ベンチは黄色で、白いしっくいの壁《かべ》には色とりどりの絵が飾《かざ》ってあります。そうして子どもたちも、髪《かみ》の毛《け》はきちんととかしてありますし、シャツもエプロンも清潔《せいけつ》で、だれもがこ

ざっぱりして見えます。担任《たんにん》の男の先生は若《わか》くて陽気で、みんな大好《だいす》きでした。そしてこの朝は、先生も冬らしいお天気にとてもごきげんだったので、『白い、白い世界』という歌から授業《じゅぎょう》がはじまりました。子どもたちの元気いっぱいの歌声は外の雪道までとどいたので、たくさんの人が思わず足を止めてほほえみました。

その日の授業《じゅぎょう》もおしまいになると、先生が、注意をうながすように机《つくえ》をコツコツたたきました。

「みなさんに、特別《とくべつ》なお知らせがあります」子どもたちは食い入るように先生の顔を見つめました。

「先生はちょっとした計画を思いついたので、校長先生に相談しました。校長先生はいいだろうとおっしゃっています。じつはですね、このきびしい寒さが続《つづ》いたら、みなさんをスケート遠足に、それも一日がかりの遠足に連《つ》れていこうと考えているんです」

エベルトやアフケはもちろん、クラスの子たち全員の顔にぱっと笑《え》みが広がりました。スケート遠足だって！

「もちろん、まず、おうちのかたにお許《ゆる》しをいただかなくてはいけません」先生は続《つづ》けます。「けれども、なにもかもいいとなったら、この金曜日の朝に出発しようと思います」

「わーい！」子どもたちは歓声《かんせい》をあげました。それっとばかりいっせいにコートかけに急ぎました。外に出ると仲間《なかま》どうしで集まり、聞かされたばかりの冒険《ぼうけん》のことを興《こう》奮《ふん》した口ぶりで話しあいました。ただひとりぽつんとして、もじもじとためらっている男の子がいます。その子は転校生で、そのうえとても引《ひ》っこみ思案《じあん》でした。ほかの子たちはうきうきとはしゃいでいて、だれもこの子の瞳《ひとみ》にさびしそうな影《かげ》が宿っているのに気づきません。男の子はため息をつくと、ひとりぼっちで学校をあとにしました。ほんとは、みんなの仲間《なかま》に入りたかったのです。その子の名前はシモン・スミットといいました。

第二章　エベルトの災難《さいなん》

うまいぐあいに、きびしい寒さはゆるみませんでした。夜がくるたびに氷は少しずつ厚《あつ》くなり、三日もたつと、そこらじゅうでスケートをする人が出てきました。

木曜日の午後、エベルトとアフケがどれほどわくわくしていたか、みなさんにもおわかりでしょう。というのも、ほかの子どもたちもほとんどがそうでしたが、ふたりははじめてほんとのスケート遠足にいくのです。ほかのだれかがスケート遠足に出かけていくのは何度も見ていましたが、今度は自分たちが出かけていくのです。それも、出発はあしたです。

三時半に校舎《こうしゃ》の扉《とびら》が開くと、エベルトとアフケは、みんなといっしょに飛《と》び出《だ》し、家に向かっていちもくさんにかけていきました。あたりにはもう夕闇《ゆうやみ》がたちこめ、こんもり雪をかぶった村の家々では、あちらこちらの窓辺《まどべ》にちかちか光る瞳《ひとみ》のような明かりがともっています。ふたりは手をつないで走り、いつもより早く家に帰り着きました。お母さんは、息を切らして飛《と》びこんできた子どもたちをにこにこ笑《わら》って出迎《でむか》えました。オランダの冬の定番料理《りょうり》、豚肉《ぶたにく》やソーセージをいっしょに煮《に》こんだ豆スープのおいしそうな匂《にお》いがいっぱいにただよっています。

「もうじきごはん？」ふたりは声をそろえて言いました。

「晩《ばん》ごはんは六時、いつもとおんなじ。でも、おなかがぺこぺこなら、一杯《ぱい》よそってあげてもいいわよ」

ぺこぺこでないわけがありません！　ふたりは熱《あつ》いお碗《わん》を勢《いきお》いこんでかかえ、あわてて口をつけたので、舌《した》をやけどしてしまいました。

「食いしんぼうの子豚《こぶた》ちゃん」お母さんがほほえんでいます。「学校はどうだったの？　先生からなにか連絡《れんらく》はある？」

アフケは口をもぐもぐやりながらうなずくと、ソーセージのかけらを飲みこみました。

「スケートを点検《てんけん》しておくようにって。あしたはお弁当《べんとう》とおこづかいを忘《わす》れないようにって。それと、寒くないようにあったかくしてきなさいって」

「カーレルは父さんに新しいスケートを買ってもらうんだってさ」エベルトが横から口をはさみました。「それに、オッケはおじさんからフリーセ・ドールローパー（フリースラント式スケート）を貸《か》してもらえるんだ」このスケートの刃《は》は特別《とくべつ》に長くて、とてもスピードが出るのです。

「それはいいこと」お母さんはそう言うと、遠足のお弁当《べんとう》の用意はすっかりできていますよ、とふたりに向かって言いました。

「ひとりあて、干《ほ》しぶどう入りの丸パン四個《こ》と、しょうがパンをふた切れ、それに、とちゅうでココアを飲めるようにおこづかいもね」

「わーい！」ふたりは口をぬぐいながらさけびました。それから、スケートの刃《は》をといでもらおうと、そろって鍛冶屋《かじや》に出かけていきました。外はすっかり暗くなっています。木靴《きぐつ》で踏《ふ》みしめるたびに雪がザクザク音をたて、頭上では星がきらきらまたたいています。

鍛冶屋《かじや》に着くずっと前からもう、炉《ろ》の火が赤く輝《かがや》き、雪道を照《て》らしているのが見えました。その光の中で小さな人影《ひとかげ》がいくつも動きまわっています。ふたりはすぐに、自分たちより先にお客さんが何人もいるのだと気がつきました。

「あれじゃあ、たぶん待たされるよ」

エベルトの言葉に、アフケはうなずいて言いました。「かまわないわ。火があるから、あったかいし」

鍛冶屋《かじや》では、たくさんの男の子たちが職人《しょくにん》さんのまわりに立っていました。職人《しょくにん》さんは、つぎからつぎに子どもたちのスケートの刃《は》を手ぎわよくといでいきます。その後ろでは、親方も仕事に精《せい》を出しています。片手《かたて》に持ったトング（はさみ道具）で白熱《はくねつ》した鉄のかたまりをつかみ、そばでは小僧《こぞう》さんがふいごで火をあおっています。鉄がじゅうぶんに熱《あつ》くなると、親方は間髪《かんはつ》をいれずに鉄床《かなとこ》にのせ、金槌《かなづち》でたたいて形を整えました。火花が赤い星のようにあたりに飛《と》び散《ち》り、見ていてちっともあきません。

村長さんの息子《むすこ》のヤンがとても沈《しず》んだ顔をして壁《かべ》によりかかっていたので、エベルトはそばによって声をかけました。

「あした、いっしょにいくよね」

ヤンは大きくため息をつくと、だめなんだ、とつぶやきました。ヤンのお父さんは厳格《げんかく》な人で、クリスマス休暇《きゅうか》の前にわたされた成績表《せいせきひょう》がとても悪かったので、スケートを取りあげてしまったというのです。

「それはこまったなあ」エベルトは友だちが気《き》の毒《どく》でたまりません。「けど、もう一回たのんでみたら。いかせてもらえるかもしれないじゃないか」

そう言われても、ヤンはただ首を振《ふ》るだけです。

エベルトとアフケは、スケートの刃《は》をといでもらうと代金をはらい、家に向かいました。けれど、エベルトはかわいそうなヤンのことが気になってしかたがありません。ヤンの家でもある、村長さんの屋敷《やしき》の前を通りかかったとき、エベルトはふいにあることを思い立ちました。そして、アフケにちょっと待っててと声をかけると、玄関《げんかん》の石段《いしだん》をあがり、よし、

と心を決めて呼《よ》び鈴《りん》を鳴らしました。ドアを開けたお手伝《てつだ》いさんがエベルトを見て、ヤンぼっちゃんの友だちのひとりだと気がつきました。

「ぼっちゃんはいませんよ」

「知ってます。そうじゃなくて、村長さんに会いたいんです。お願《ねが》いします」エベルトはきっぱりした声で言いました。ほんとうは心臓《しんぞう》がバクバクいっていたのですが。

お手伝《てつだ》いさんはびっくりして「村長さんに、いったいぜんたいなんの用事で？」とたずねましたが、中には入れてくれました。もちろん、エベルトが玄関《げんかん》の外で木靴《きぐつ》をぬぐのを見とどけることは忘《わす》れません。そうしてから、ついてくるようにといって廊下《ろうか》を通り、村長さんの部屋の前までエベルトを連《つ》れていきました。お手伝《てつだ》いさんはドアを強くノックすると、さっさと向こうにいってしまいましたので、ドアを開けた村長さんの目の前にいたのは、ばら色の頰《ほお》をして、指先で帽子《ぼうし》をこねくりまわしている農家の男の子だけでした。

「これは、これは、どういうことだ？」村長さんはそう言いましたが、冷《つめ》たい口調ではありません。

「ぼくはヤンの友だちです。あの、お願《ねが》いがあって……あの、その……」エベルトはわけを話そうとしましたが、急におじけづいてしまい、靴下《くつした》をはいたつま先でおずおずと床《ゆか》のもようをなぞりました。

「それで？」

「ぼく……ぼくは……あの……あした、ぼくたちのクラスが、先生といっしょに一日がかりのスケート遠足にいくんです。けど、そいで、あの……もしかして今度だけヤンを許《ゆる》して、いかせてもらえないでしょうか？」

男の子の青い瞳《ひとみ》が村長さんのこげ茶色の瞳《ひとみ》を必死《ひっし》にのぞきこんでいます。自分に期待をかけているきらきらした瞳《ひとみ》に見つめられて、村長さんのかたくなな気持ちもふとやわらぎました。この子はなかなかしっかりしているじゃないか。礼儀《れいぎ》もわきまえている。そんなふうに感心したほかに、村長さん自身もスケートの達人《たつじん》だったので、友だちといっしょのスケート遠足で息子《むすこ》がどれほど楽しい思いをするか、よくわかっていたのです。そこで、長い口ひげを指先でひねりながら思案《しあん》していましたが、やがて表情《ひょうじょう》をゆるめました。

「息子《むすこ》のことを気にかけてくれるとは感心な子だ。ヤンに、わたしのところ

へくるように言いなさい。今度だけは大目に見てやってもいいが、まずは息子《むすこ》とじかに話してみなくてはな」

エベルトはうれしくなってにっこり笑《わら》い、思わず村長さんの手をにぎりしめました。

「どうもありがとうございます。村長さん、ありがとう！」エベルトはお礼をのべると、このすばらしい知らせを一刻《いっこく》も早くヤンに伝《つた》えようと、急いで部屋を離《はな》れました。玄関《げんかん》の外に出ると木靴《きぐつ》をつっかけ、アフケの手を引っぱりながら、もう大声でさけんでいます。

「ヤン！　おーい！　おーいってば！　ヤーン！」

ヤンが鍛冶屋《かじや》の戸口から、のろのろした足どりで出てきました。

「ヤン、おまえの父さんが待ってるぞ」エベルトの声がはずんでいます。「スケートを返してくれるってさ」

ヤンはそれを聞いたとたん、猛《もう》スピードで家に向かってかけていきました。

「ヤンを置《お》き去《ざ》りにするなんて、やだものな」エベルトがアフケに言いました。

「あたしだってやだ。ねえねえ、今度はエベルトがスケートを持ってよ。あたしの手、すっかりかじかんじゃった」アフケは、家に着くまでずっと指先に息を吹《ふ》きかけていました。

つぎの日の朝、お母さんに早く起こしてもらったふたりは、朝ごはんをすませると、暖《あたた》かいセーターやマフラーで体をくるんでもらいました。よそいきのブーツをはいたのは、木靴《きぐつ》にスケートをつけてすべることができるのは、ほんとうの達人《たつじん》だけだからです。そして、いよいよ出発です。ふたりがにぎったオレンジ色の革《かわ》ひもの先にはスケートがぶらさがっていて、ふたつの刃《は》がたがいにぶつかってはカチンカチンと音をたてました。

村はまだ闇《やみ》に沈《しず》んでいましたが、地平線のあたりはかすかに明るんでいます。冷《つめ》たい大気の中では、吐《は》く息が白い煙《けむり》のようにたなびきます。ふたりはその煙《けむり》を大きな雲にしようと、ハアッと吐《は》いたり、フーと吹《ふ》いたりしました。学校のそばまでくるとすぐに、もう先生がきているのがわかりました。たくさんの女の子や男の子がまわりをとりかこんでいます。先生は色あざやかなポールを持っていて、それで女の子たちをつつくふりをすると、女の子たちはきゃあきゃあさけんだり、くすくす笑《わら》いながら逃《に》げまわりました。先生はセーター姿《すがた》で、セーターとおそろいの毛糸の帽子《ぼうし》をかぶっていました。

「全員そろいましたか？」先生は少しよ

うすを見てから声をあげました。エベルトがまわりに目をやると、真っ赤な厚地《あつじ》のシャツを着たオッケがいます。オッケとならんでいるのはヤンで、目をうれしそうに輝《かがや》かせています。そしてその向《む》こう側《がわ》にシモンが、いつものようにひとりでいます。

あいつ、変《へん》なやつだなあ。だれとも遊ばないいし、いつ話しかけてもぶっきらぼうだし。——エベルトは生まれつき人なつこい子なので、シモンのように恥《は》ずかしがり屋《や》で内気な性格《せいかく》を理解《りかい》できないのです。

さあ、先生はみんなを見わたしていました。「全員そろいましたね。それでは出

発です！」

そこで、子どもたちは道にそって歩きだしました。大きな風車小屋の前を通ると、風車の木組みの羽根からは、つららが何本もたれさがっていました。やがて運河《うんが》までやってくると、そこでスケートをつけることになりました。

アフケは、スケートを靴《くつ》にくくりつけるのにちょっと手間取っています。というのも、スケートがアフケの足にはちょっと小さくて、革《かわ》ひもも使い古したものだったからです。アフケが思いっきり革《かわ》ひもを引っぱると、するっとぬけてしまい、そのはずみでアフケは、足を空中に放りあげたかっこうで雪の中にひっくり返ってしまいました。それを見たみんなは大笑《おおわら》い。助け起こそうとかけよってきた先生も、アフケをからかいました。「雪の中で寝《ね》るつもりですか？　真っ白で清潔《せいけつ》なベッドだけど、けっこう冷《つめ》たいでしょ」

「ちがうの」アフケの目がいたずらっぽくチカッと光りました。「寝《ね》るんじゃなくて、足をちょっと休ませてたの」

「休憩《きゅうけい》はあとでとります。まずは三十キロほどすべってからです」先生はにこにこしながらアフケの革《かわ》ひもをしばってくれました。ほかの子どもたちはスケートを足にくくりつけると、具合をためしたりしています。さあ、準備《じゅんび》が整いました。先生は長いポールの先をにぎると、女の子七人を呼《よ》びよせ、自分の後ろにならんでポールをにぎるように言いました。そのまにオッケがポールのいちばん後ろを持ちあげました。オッケ以外《いがい》の男の子たちは、ひとりですべるか、だれかと組んですべるかのどちらかで、女の子たちが一列になっ

ておぎょうぎよくすべりだすと、すまして気取ってらあ、とからかいました。

アフケは最初《さいしょ》足もとが少しぐらぐらしていたので、ポールをにぎって先生の力強いすべりに引っぱられていけることに、ほっとしていました。でも、氷の表面にできているひび割《わ》れやこぶが、アフケをこわがらせました。スケートの刃《は》がひっかかったらどうしよう？ つまずいてころんじゃう！ そんなの絶対《ぜったい》やだ。アフケはびくびくして足もとばかり見つめていたので、大きなこぶをこえるたびに息をのみました。

エベルトがアフケのそんなようすに気がついて、大声で呼《よ》びかけました。「だめだよ、顔をあげるんだ。下ばかり見てたら、かえってつまずくぞ。まったくこれだからなあ、女の子は」そうまで言われては、顔をあげないわけにはいきません。するとすぐにまわりのきれいな景色《けしき》に目をうばわれて、こわさもどこかに吹《ふ》き飛《と》んでしまいました。それに、みんなと調子を合わせてすいすいとすべるのも愉快《ゆかい》です。

今はもう、だれもがきらきら光る運河《うんが》の上を飛《と》ぶようにすべり、あたりはすぐに雪をかぶった野原に変《か》わりました。裸《はだか》の木々が空を背景《はいけい》に点々と立つ景色《けしき》は、すてきな絵のようです。朝もやがうすれ、お日さまがのぼってきました。スケーターたちは息をのんで日の出を見つめました。犬がほえる声や、オンドリの長々とひびく鳴き声が聞こえてきます。

「ああ！　あたしにも翼《つばさ》があったらいいのに！」アフケは二羽《わ》のムクドリが舞《ま》いあがっていくのを見つめて言いました。

「アフケにもいつか羽がはえるよ」そう言ったのはオッケです。「よい行ないをしてたらだけどさ」

するといつか先生が歌をうたいだしました。『イク・ワウ・ダット・イク・エン・フォーヘル・ワス（鳥になれたらいいな）』という歌です。子どもたちも加《くわ》わると、その歌声は凍《こご》えきった大気の中に明るくひびきわたりました。

〈すごいなあ！〉エベルトはすっかり感心しています。〈なにもかもきれいじゃないか！〉エベルトの大きな青い瞳《ひとみ》はなにも見のがしません。きょろきょろと動いて、小柄《こがら》でもがっしりしたアフケから、ひょろりとしたオッケやきゃしゃなヤンまでながめまわしています。〈今日ははじまったばかりで、これからまだたっぷりある〉エベルトは満足《まんぞく》そうなため息をもらしました。〈それに、だれもかれもにこにこしてるしな〉

それからエベルトはヤンのところにすべっていくと、その肩《かた》にやさしく手を置《お》きました。

「いっしょにこれてよかったなあ、ヤンぼっちゃん！」

ヤンは、うれしそうにエベルトを見あげました。「ありがとう、恩《おん》にきるよ。なにもか

もおじゃんになるとこだったんだから」ヤンは大きく息を吸《す》うとエベルトの手をつかみ、勢《いきお》いよく飛《と》び出《だ》しました。風を切ってぐんぐんすべっていくふたりを、みんなは目を丸くして見つめています。オッケもつい見とれて、バランスをとるのを忘《わす》れていました。それで、スケートにわらの切れはしがひっかかると、はでにしりもちをついてしまいました。前にいた女の子たちも何人かが巻《ま》きぞえを食い、オッケの上に折《お》り重《かさ》なってたおれてきます。残《のこ》りの女の子たちは、先生がポールを左にすばやく切って、しっぽをさばくように列を立て直したので無事《ぶじ》でした。げらげら笑《わら》い声《ごえ》があがったのも、だれも、けがひとつしなかったからです。

「どんなにかたい氷だって、シーペルチェのひじよりはやわらかいぞ」胃《い》のあたりにシーペルチェのひじ鉄をくらったオッケがそう言うと、スカートをはたいて雪を落としていた女の子たちも、負けずに言い返しました。「オッケが後ろにいるのは、あたしたちを守ってくれるためでしょ。ころばすためじゃないのに！」

「さあ、さあ！　のんびりしている時間はありませんよ」

先生の号令《ごうれい》でみんなはまたすべりだし、まもなく一行《いっこう》は、はね橋のところにやってきました。その下をくぐりぬけるのですが、それが簡単《かんたん》ではありません。橋はとても低《ひく》いので、体をかがめ、はって進まなくてはいけないからです。先生でさえ、四つんばいです！　アフケはよちよち歩きのアヒルのつもりになって、おかしな鳴き声をいっぱいあげました。

「やめなよ」エベルトが言いました。「だれかにとっつかまって、焼《や》かれて晩《ばん》ごはんにされちゃうぞ！」それにはアフケも大笑《おおわら》いでした。

暗くて冷《つめ》たい橋の下をぬけてふたたび暖《あたた》かい陽《ひ》ざしを浴《あ》びると、だれもがほっとしました。目の前には美しい氷の道がのびています。

すべりやすいように、バーンフェーヘルと呼《よ》ばれる氷掃《こおりは》きのおじいさんが、大きなほうきでわらや木切れをのけて氷の道をきれいにしておいてくれました。みんなは、あごに無《ぶ》

精《しょう》ひげをはやしたおじいさんに声をかけて呼《よ》びよせ、小銭《こぜに》をわたしました。「ダンキュ・ウェル（ありがとよ）」おじいさんは帽子《ぼうし》に指をふれてお礼を言いました。

時間がたつにつれて、氷の上には人がどんどんふえてきました。あちこちにテントが組み立てられ、その前に、スケーターたちがひと息つけるようにベンチを置《お》いているところもあります。温かいココアやワッフルのおいしそうな匂《にお》いもただよい、男の人がテントの

入り口で呼《よ》び声《ごえ》をあげていました。

あったかいココアにおいしいケーキ
ひと休みしておいで

「わーい、わーい、よってきましょうよ」アフケがさけびました。おなかはすいたし、足もそうとうくたびれてきています。スケートのひもがゆるんだと訴《うった》えている男の子や女の子もいます。そこで先生は清潔《せいけつ》そうなテントを選《えら》ぶと、「全員休憩《きゅうけい》、止まれ」と声をかけました。みんなは大喜《おおよろこ》びして、ガガガッとスケートの刃《は》を氷にきしらせて止まると、木のベンチにどさっとすわりこみました。そして、ものほしそうにテーブルの上の食べ物を見つめました。太ったおばさんがいらっしゃいと言って、熱々《あつあつ》のココアが入ったポットのふたを持ちあげ、愛想《あいそう》のよい笑顔《えがお》を向けてくれます。みんなの前に、ココアがなみなみとつがれたカップとコルスチェがならびました。コルスチェはスパイスがちょっぴりきいたオランダのケーキで、とくにスケーターには人気です。子どもたちがコルスチェをほおばり、あったかいカップで手を温めている間、先生はパイプに火をつけプカプカふかしていました。

　エベルトもひとごこちがついて、ゆったりしています。くたくたにつかれておなかがぺこぺこのときに、腰《こし》を落ち着け、あったかいココアをじっくり味わう気分は最高《さいこう》です。エベルトはアフケに向かってうなずき、ウインクをしました。アフケときたら、あんまり元気よくうなずき返したのでコルスチェがのどにつかえてしまい、咳《せき》をして出すために背中《せなか》をたたいてもらうしまつでした。

　ココアを飲みほし、コルスチェもすっかりたいらげてしまうと、今度はすわりこんだまま、氷の上にいる人たちを見物です。椅子《いす》の背中《せなか》につかまって四苦八苦しながらすべっているのは、スケートをはじめたばかりの子です。自分たちと同じ年かっこうの男の子たち

は、軽々とすべっていきます。太った女の人もおおぜいいて、息を切らし切らしがんばってすべっています。ときどき、だれかがドスンとしりもちをつくたびに、エベルトもアフケもほかのみんなも、思わず笑《わら》ってしまいました。

少しすると先生が立ちあがりました。出発の合図です。そこで、みんなはまたスケートを足にしっかりくくりつけ、この先まだまだ続《つづ》く冒険《ぼうけん》への準備《じゅんび》を整えました。

十分ほどすべっていくと、大きな人だかりが見えました。イーゼルに向かって風景《ふうけい》を描《か》いている絵かきさんをとりかこんでいるようです。絵かきさんは、寒くないように毛皮のコートにくるまり、耳まですっぽりかくれる帽子《ぼうし》をかぶっているので、見えるのはあごひげと、霜焼《しもや》けで赤くなった鼻だけです。

「のぞいてみようよ」エベルトがみんなをさそいました。エベルトは絵の具をぬったりスケッチしたりするのが大好《だいす》きなので、ほんものの絵かきさんが描《か》いているのを間近で見られると思うと、じっとしていられません。先生も、生徒《せいと》たちと同じように興味《きょうみ》しんしんです。そこで全員、見物する人たちにまじりました。絵かきさんが描《か》いているのは、オランダの美しい冬景色《ふゆげしき》でした。それも実際《じっさい》の風景《ふうけい》そのままなので、子どもたちは、すごーい！と歓声《かんせい》をあげました。とくに、絵の中に描《か》きこまれている赤や黄色のスカート、青いズボンをはいた子どものスケーターたちは最高《さいこう》です。それに、ソリやテントや馬や犬も気に入りました。そうしたどれもが白い野原を背景《はいけい》にていねいに描《か》かれていますし、後ろには典型的《てんけいてき》なオランダの小さな村が見えて、雪をかぶった家々の屋根の間から教会の細長い尖塔《せんとう》が突《つ》き出《だ》しています。

子どもたちは前につめより、なにひとつ見のがすまいと絵かきさんの動きひとつひとつに目をこらしました。絵かきさんは絵筆をテレビン油のびんにつけてから、よごれた布《ぬの》でぬぐいました。つぎに、パレットの上にいくつものっている絵の具のひとつに絵筆を押《お》

しつけると、ちがう色の絵の具とまぜ、こんどはまざった絵の具にだんだんと白を加《くわ》えていって、思いどおりの色あいにしました。絵かきさんは頭をかしげてキャンバスをにらみ、両目をぐっと細めると、とても慎重《しんちょう》な手つきではんのわずかな色を加《くわ》えていきました。そうして上体を後ろに引くと、絵筆を空中に浮《う》かしたまま、半分閉《と》じたような目で絵をながめました。

それから顔をしかめて、はっきりと「ワット・ブリクセム！」と言ったのです。それはオランダ語のきたない言葉ですから、どういう意味かはないしょです。今加《くわ》えた色は、あるかない

かわからないほどのものだったのですが、絵かきさんがパレットナイフですばやくそぎ落としにかかったところを見ると、失敗《しっぱい》だったのでしょう。と、パレットナイフを動かした拍子《ひょうし》に、布《ぬの》が氷の上に落っこちました。それをすばやく拾ったのがエベルトでした。

「あの、失礼《しつれい》ですが、これを落っことしましたよ！」

「ありがとう」そう言って顔をあげた絵かきさんは、エベルトの真剣《しんけん》なまなざしにすぐに気づきました。

「きれいな絵ですね。あたりがこんなふうに見える日って、ほんとにありますよね」

絵かきさんはほほえんで帽子《ぼうし》を後ろにずらすと、子どもたちの顔をおだやかな青い瞳《ひとみ》でながめわたしました。

「きみはこの絵が気に入ったのかな？」

エベルトはうなずきました。「ぼくもこんなふうに描《か》けたらいいんだけど。ときどき、ニワトリとか豚《ぶた》の絵を描《か》くけど、こういう絵ってそれよりずっとむずかしいんですよね」

「そのとおり！」絵かきさんはまた絵に向かいました。

「水は使わないんですか？」エベルトはたずねました。こうした方法《ほうほう》で絵を描《か》いている人を見たことがなかったのです。

絵かきさんはくわえていた絵筆を手にとって答えました。「そうだよ。油絵のときは、油を使うんだ」

先生が前に進み出ました。「レーワルデンで展覧会《てんらんかい》に出品なさったことがありますか？」レーワルデンはフリースラント州の州都なので、たくさんの芸術家《げいじゅつか》たちが自分たちの作品を展示《てんじ》するのです。

絵かきさんはうなずきました。「去年は大きな風景画《ふうけいが》を出しましたよ。わたしは、ファン・デル・ベルデです」

「ああ！」先生は尊敬《そんけい》とおどろきがまざったような声でさけびました。「そうか、そうでしたね。あれは、あそこでひときわ美しい絵のひとつでした。『春の牧場《ぼくじょう》』――よく覚《おぼ》えています」

「とんでもない！」絵かきさんは謙遜《けんそん》して言いました。「あれは、わたしの会心作にくらべて半分もできがよくない。たまたま、見たかたが喜《よろこ》んでくださっただけのことだ」

先生はどう答えていいのかわからなかったので、「わたしのクラスにも若《わか》い芸術家《げいじゅつか》が何人かいるんですよ」と話題を変《か》えました。「ここに、そうした芸術家《げいじゅつか》のうちでもとりわけすぐれている子がいます」先生はエベルトの頭に手を置《お》きました。「ええ、この子にはほんとうに才能《さいのう》があって、いつかそのうち、あなたのような芸術家《げいじゅつか》になると思います」

絵かきさんはエベルトのほうを向いてほほえみました。「きみの名前は?」

「エベルト・ヤンセン」

「そうか、では、いつかアムステルダムの国立美術館《びじゅつかん》で、きみの名前をさがしてみることにするよ」

子どもたちはわっと笑《わら》うと、絵かきさんをもっと近くで見ようとさらに前につめよりました。けれど先生がすぐに、仕事のじゃまになってはいけません、と注意しました。それで、みんなはそこを離《はな》れてまた遠足を続《つづ》けることになりました。

十五分ほどすべると運河《うんが》をぬけ、目的地《もくてきち》のスネークの町まで続《つづ》く凍《こお》った川に入りました。川は牧草地《ぼくそうち》と低木林《ていぼくりん》の間を曲がりくねって走っているので、つぎからつぎへ景色《けしき》が変《か》わり、運河《うんが》をすべるよりずっとわくわくします。けれど、氷の状態《じょうたい》はよくありません。川岸に近いところでは凍《こお》っていない場所もあり、割《わ》れ目《め》も目立ちます。それに、付近《ふきん》の人がウナギ釣《つ》り用に切り取った四角い穴《あな》があちこちに口を開けていました。

もうすぐお昼です。両岸のヤナギの木々が陽《ひ》の光を浴《あ》びて金色に輝《かがや》き、裸《はだか》の枝《えだ》の合間から青い空がのぞめます。聞こえる音といったら、スケートの刃《は》が氷をけずる音とおなかをすかしてさえずる鳥の声だけ。エベルトとアフケの耳には、オランダ語でウィンテルコーニンキュ（小さな冬の王様）と呼《よ》ばれるミソサザイのチャッチャッという鳴き声が、ひときわひびいて聞こえました。

エベルトはとても楽しそうにみんなの先頭を切ってすべっています。頭の中では、ぼくは探検家《たんけんか》で未知《みち》の土地に踏《ふ》みこんでいるんだ、そしていくつも新発見をするんだ、と大好《だいす》きな想像《そうぞう》をふくらませていました。川がカーブしているところでは、ヤナギの木々やハシバミの茂《しげ》みがおおいかぶさっていて先が見えません。あの向《む》こう側《がわ》にはオオカミたちが待《ま》ち伏《ぶ》せしていて、舌《した》なめずりしながらぼくの血をねらっているんだ。――エベルトはそう思うことにしました。腹《はら》ぺこのオオカミたちにふいに襲《おそ》われても身を守れるように、用心しながらすべっていきます。オオカミなんてへっちゃらさ、やっつけて毛皮をはいでやる、うちにもどれば英雄《えいゆう》だ、と自信満々《じしんまんまん》です。けれど、カーブを曲がってみても、なんの獣《けもの》もいませんでした。エベルトの前には、氷のリボンがきらきら光りながら雪におおわれた牧《ぼく》草地《そうち》の間をくねっているだけで、さあ、息を深く吸《す》って思いっきり速くすべってごらん、とエベルトにさそいかけているかのようです。

頭上ではハトの群《む》れが、晴れわたった空に陽《ひ》を浴《あ》びた翼《つばさ》を羽ばたかせて、ぐるぐる舞《ま》っ

ています。うっとりするようながめに、エベルトもことさら軽々とすべっているような気持ちになりました。風が耳もとで歌い、木々が飛《と》ぶように後ろに流れていきます。澄《す》んだ大気に身をまかせ、空の高みまでかけのぼっていけそうな気がします。

「ヤッホー！」エベルトは大声でさけびました。

そのとき突然《とつぜん》エベルトは、でこぼこした氷のかたまりにひっかかってつまずき、ころんでしまいました。そして、その勢《いきお》いのまま、まっすぐ魚釣《さかなつ》り用の穴《あな》に向かってすべっていきます。

そう遠く離《はな》れていないところにシモンがいました。恥《は》ずかしがり屋《や》なので、みんなとわいわい言いながらすべることはできなくて、ひとりですべっていたのです。エベルトの危《き》機《き》を見てとったシモンは金切り声をあげましたが、まにあいません。氷がバリバリと大きく割《わ》れ、エベルトは水しぶきをあげて危険《きけん》な場所に落っこちてしまいました。

第三章　雪のパンケーキ

シモンは真っ青になりました。エベルトがバシャバシャと水をはねかし、狂《くる》ったように助けをもとめてさけんでいます。なんとか割《わ》れた氷のふちにつかまろうとしますが、氷はエベルトがさわるたびにさらに割《わ》れるだけです。つかのまシモンは、棒《ぼう》のように立ちつくしました。けれど、すぐに氷の上に腹《はら》ばいになると、穴《あな》に向かってそろそろとはいだしました。また氷が割《わ》れるといけないので、どこかに強く体重がかかってしまわないよう気をつかいます。ぎりぎり近くまで進んで両腕《りょううで》をのばしました。エベルトは天の助けとばかりにシモンの腕《うで》をつかみ、必死《ひっし》になってしがみつきます。寒さのために、エベルトの歯はガチガチ音をたてています。

「助けて！　助けて！」ふたりともさけびました。

するともう、先生のたのもしい声がふたりの耳にひびいてきました。「がんばれ、シモン。すぐいくぞ」そしてヤンとオッケに、牧草地《ぼくそうち》の向こうの家に走っていって助けをもとめるようにとさけぶと、長いポールをエベルトとシモンのほうに突《つ》き出《だ》しました。シモンが片方《かたほう》の腕《うで》をほどいてポールのはしにつかまりました。そうして、クラスの男の子たちもみんな手をかして、気《き》の毒《どく》なエベルトを水から引きあげました。

そのまにヤンとオッケはショレマさんという人の農場までいって、おかみさんから暖《あたた》かい毛布《もうふ》を借《か》りてきていました。どうにかこうにか氷の上にあがったエベルトは、その毛布《もうふ》ですばやくぐるぐる巻《ま》きにされました。全員スケートをはずすと、エベルトを一刻《いっこく》も早く農家に連《つ》れていこうとする先生を助けて、雪の牧草地《ぼくそうち》を急ぎました。

小柄《こがら》なアフケは、すぐにみんなからおくれてしまいました。うつむいてとぼとぼ歩いていると、これまたほかの子どもたちから離《はな》れて後ろにいたシモンといっしょになりました。アフケにはエベルトの災難《さいなん》がショックでした。まだ心臓《しんぞう》がドキドキいっているような気がします。だいじなふたごのお兄さんが、もしおぼれていたら？　「ああ！」アフケは思わず声をあげると、両手をぎゅっと組み合わせました。「エベルトが助かってよかった！　ありがとう、シモン。ほんとにありがとう！」

農家のそばまでくると、おかみさんがみんなを迎《むか》えようと中から飛《と》び出《だ》してきました。エベルトを見るととても気《き》の毒《どく》がって「オッフ・ディー・アルメ・ヨンゲン！（この子は災難《さいなん》だったねえ！）」とさけびました。

「すぐに体を温めるんだよ。うちの寝台《しんだい》にお湯を入れたびんをつっこんでおいたから、そここにもぐりこめばいいさ。そのまに、なにか乾《かわ》いた服をさがしとくよ。さあ、あんたたちも入った、入った」おかみさんはそう言うと、エベルトを奥《おく》へとせきたてていきます。みんなもぞろぞろと戸口をくぐりました。

先生はほっとしてため息をつきました。エベルトのことが心配だったのですが、もうこれでなにもかも安心です。中に入ると、そこは広々として居心地《いごこち》のいい台所でした。ぴかぴか光る真鍮《しんちゅう》の飾《かざ》り皿《ざら》や、銅製《どうせい》の鍋《なべ》やフライパンがたくさん目につきます。だれもがすぐに、大きな炎《ほのお》をあげて燃《も》えているストーブに近よりました。するとまもなくおかみさんが、ぐしょぐしょにぬれたエベルトの服をかかえてもどってきました。それをぜんぶ広げて干《ほ》すと、子どもたちにうなずいて、にこっとしました。「あの子はもうねむっているよ。かわいそうに、ひどくつかれたんだねえ。あんたたちは待っていればいいさ。一時間もすればすっかり元気になるから」

「あの子のためにいろいろしてくださって、ありがとうございます」先生は心からお礼の言葉をのべました。「さあ、みなさん。外に出てお昼にしましょう。お昼がすんだらエベルトを迎《むか》えにきましょう」

「だめだめ、そんなのは、なし」おかみさんの声には、温かいひびきがこもっていました。

「あんたたちはみんな、ここでお昼を食べていくんだよ。あたしが雪のパンケーキを焼《や》くからさ」

「わーい！」と歓声《かんせい》をあげたのは子どもたち。けれど、先生はそんなみんなをたしなめると、おかみさんに向かって、こんなおおぜいの子どもたちにお昼を用意するのはたいへんなお手間ですから、とことわりました。

「とんでもない！　お客さんをもてなせるのがうれしいんですよ。うちにはめったに人がきませんからね。さあ、よけいな遠慮《えんりょ》はなしにしてくださいな。このまま出ていって、あたしに恥《はじ》をかかせようっていうんですか」

先生は、おかみさんの温かい、そして熱心《ねっしん》なさそいにさからうのはむりだとさとったようです。「それでは、ありがたくご厚意《こうい》をお受けします」先生はおかみさんにそう言うと、今度はわくわくどきどきしている子どもたちに向かって言いました。「では、みなさんはおとなしくして、ショレマさんのご親切に報《むく》いるよう、ぎょうぎよくしなければいけませんよ。感謝《かんしゃ》のしるしに、なにかお手伝《てつだ》いできることがあるかもしれませんね」

「あたし、お皿をならべられるわ」シーペルチェがかん高い声で言いました。

「あたしも、かたづけができます」アフケも続《つづ》いて声をあげました。

「けど、ぼくたち、なにしたらいい？」そう言ったのは男の子たちです。

おかみさんは声をたてて笑《わら》いました。「女の子はここで手伝《てつだ》ってもらうけど、あんたたちは外で遊んでてもらったほうがいいね。ほら、ちょうど息子《むすこ》がきたよ！ 息子《むすこ》に外を案《あん》内《ない》してもらうといいよ」気がつくと、十歳《さい》くらいの少年が台所の入口に立っていて、見知らぬ顔ぶれをとまどったように見つめています。

「チェルク。このかたはエルスト村からいらした先生でね、生徒《せいと》さんを連《つ》れてスケート遠足をなさっているそうだよ。男の子がひとり氷を踏《ふ》み割《わ》って落っこっちまって、あやうくおぼれるところだったんだ。けど、みんなで助けあげたので、今、その子はうちの二階でねむっているんだよ。ここでお昼にしてもらうから、待つ間、みんなにうちの農場でも見せてやっておくれ」チェルクはいっぺんにいろいろ聞かされて頭がふらふらしたようで、口をぽかんと開けたまま子どもたちを見つめています。

「なにかお手伝《てつだ》いできることはないでしょうか？」先生がおかみさんに向かってたずねました。「ここに、元気いっぱいのたくさんの男たちが手持ちぶさたにしています。わたしたちにできる仕事があるはずですよね」

おかみさんはちょっと考えこみました。「そうそう」やっと思いついたようです。「ここ何日も、うちの人に庭の雪をどけてくれってたのんでいるのに、なかなか手があかなくてね……それで、よかったら……」

「もちろんですとも！　それこそ、うってつけの仕事です」先生が声をあげました。「さあ、さっそく仕事にとりかかりましょう」そうして先生と男の子たちが外に出ると、チェルクが雪かきをする要領《ようりょう》を説明《せつめい》し、めいめいにスコップや石炭すくいのシャベルを手わたしました。

おかみさんは男の子たちをほほえんで見送ると、台所に引き返し、

パンケーキ用のたねの準備《じゅんび》にとりかかりました。女の子たちは台所をあっちへいき、こっちへいきしながら、食卓《しょくたく》を整えたりスプーンやカップをそろえたりしています。

「さあて、きれいな雪をちょっとばかし入れないといけないんだけど、外に出てとってきてくれる人はだれだい？」おかみさんの言葉に、アフケとシーペルチェがすぐに名乗りをあげ、ふたりは大きな鍋《なべ》を持って外に出ることになりました。

「ぶるるっ！　あったかい台所からくると、外ってすごく寒い！」シーペルチェがさけびました。

「さあ、さっさとやりましょう。上のきたない雪をよけて、鍋《なべ》にはその下のきれいな雪をつめこむの。それがパンケーキをおいしくするこつよ」

けれど、アフケの手は休みがちです。先生の指《さし》図《ず》する声に合わせて、男の子たちがシャベルに山ほど雪をのせてがんばっているのを、見ていたの

です。だれもが楽しそうに動きまわっているみたいで雪かきはもうずいぶんはかどり、庭のはじのほうには、どけた雪がうずたかく積《つ》んであります。

シーペルチェは鍋《なべ》に雪をつめると、アフケの袖《そで》を引っぱりました。

「さあ、ショレマさんが待ってるわ」

台所はすぐに、パンケーキの焼《や》ける匂《にお》いでいっぱいになりました。そこへ男の子たちがいっせいに入ってきて、うれしそうに匂《にお》いをかぎました。みんな、おなかがぺこぺこだったのです。女の子たちは、興奮《こうふん》ぎみにあれこれ言いたてながら男の子たちを出迎《でむか》えました。「ほら、あたしたちがお皿とかぜんぶ、ならべたんですからね。パンケーキを焼《や》くとこを見られなくて、おあいにくさま。すっごくおもしろかったんだから。ショレマさんったら、パンケーキをひょいと空中に投げて、裏返《うらがえ》したのをフライパンで受けるのよ」

「それに、ほんとに雪のパンケーキなの。粉《こな》に雪をまぜるのをこの目で見たんだから」

おかみさんの姿《すがた》が消えたかと思うと、すぐにエベルトを連《つ》れてもどってきました。エベルトの着ているズボンも上着もチェルクのものでしたが、体にぴったり合っています。頰《ほお》はばら色で、生き生きして見えます。男の子たちが歓声《かんせい》をあげると、エベルトはにこっと笑《わら》いました。

「ぼくじゃなくて、シモンにかっさいしてよ」

内気なシモンは、わきあがった拍手《はくしゅ》に、うれしそうにほほえみました。それからおかみさんが先生に、エベルトの服はもうしばらくしないと乾《かわ》かないので、あとでだんなさんが車でとどけることや、そのときに息子《むすこ》の服を返してもらえばいいことを伝《つた》えました。

「なんてご親切なんでしょう」先生が思わずさけびました。「なんとお礼を申しあげたらよいいか」

「うひゃあー、こりゃいったい、なにごとだい？」戸口のほうで、とどろくような太い声がしました。

「うちの人ですよ！」おかみさんは、だんなさんのショレマさんのところにかけよると、お客さんがいるわけを説明《せつめい》しました。農夫《のうふ》のショレマさんはがっしりした大きな人で、角ばった陽気な顔つきをしています。ショレマさんもお客さんには大喜《おおよろこ》び。さっそく女の子たちをからかって、パンケーキがまずかったらどうする、などとおそろしいことを言っておどかしています。

「今日の昼は盛大《せいだい》なパーティーってとこだな」ショレマさんは笑《わら》いながら言いました。「さあ、はじめよう。さっさと食べないと、パンケーキがさめちまう」

食卓《しょくたく》のまわりには、すわれるだけおおぜいがすわりました。それでも場所がたりなくて、何人かの子たちは、ひっくり返したかごや足のせ台を椅子《いす》がわりにしました。みんながお弁当《べんとう》の包《つつ》みを開くと、紙がいっせいにガサガサと音をたてました。サンドイッチは、ここまでくる間に、ぺちゃんこにつぶれていました。これはもう、パンケーキのほうがずっとずっとおいしそうです。男の子も女の子もだれもが、丸くて大きくてお砂糖《さとう》がこんもりかかった、熱々《あつあつ》のパンケーキにほくほく顔です。

ショレマさんがスケート遠足の話を聞きたがったので、近くにすわっていたアフケが、これまでの冒険談《ぼうけんだん》をひとつ残《のこ》らず話しました。それも、先のほうにパンケーキをひときれぶらさげたままのフォークを振《ふ》って勢《いきお》いをつけながらです。話につい夢中《むちゅう》になり、フォークをひときわ強く振《ふ》り回《まわ》したところが、パンケーキが食卓《しょくたく》の上を越《こ》えて飛《と》んでゆき、ショレマさんの鼻の頭に命中してしまいました。これにはだれもが大笑《おおわら》い。ひとりアフケだけがきまり悪そうに身をちぢめているそのようすが、いっそう笑《わら》いをさそいました。チェルクは、アフケの皿に二枚《まい》めのパンケーキをのせてなぐさめてくれました。エベルトは、二枚《まい》も食べたらもっとまん丸くなっちゃうぞ、と言ったのですが。

　お昼がすむと、女の子たちはおかみさんを手伝《てつだ》って皿洗《さらあら》いです。すっかりかたづくと先生が、そろそろ出発の時間ですよ、先はまだ

まだありますからね、とみんなをうながしました。その言葉を聞くと、チェルクが先生のところにいき、生徒《せいと》さんたちとスネークまでいっしょにいってもいいですか、とたずねました。スネークで、お母さんに言いつけられたお使いをするから、というのです。

「もちろん、いいですとも！　きみなら大歓迎《だいかんげい》です。おかみさんの数々のご親切には、いくら感謝《かんしゃ》してもしきれないほどですから」

そこでみんなは、ショレマさんとおかみさんにお礼を言ってさよならをしました。おかみさんは、戸口の段々《だんだん》のところで、子どもたちや先生に手を振《ふ》ってくれました。

第四章　エベルトの計画

氷の上にもどると、チェルクがすかさずポールをにぎり、女の子たちを引っぱってあげようと申し出ました。女の子たちが少しためらったのは、もう災難《さいなん》にあうのはこりごりだったからです。けれどすぐに、あぶない場所はうまくよけて引っぱってくれるので、チェルクはすぐれたスケーターだとわかりました。

エベルトはスケートをくくりつけながら、ヤンとオッケになにかを耳打ちしています。そして三人はクラスのみんなと離《はな》れて、後ろからすべりだしました。エベルトが秘密《ひみつ》を打ち明けると約束《やくそく》したので、三人だけでないしょ話をしたかったのです。ところで、だれも――さっき助けてもらったエベルトでさえ――、シモンを仲間《なかま》に加《くわ》えようとは思いつきません。シモンも内気すぎて、自分からずんずん入っていくようなことはできません。

「秘密《ひみつ》ってなんだよ？」ヤンとオッケは、みんなが自分たちの声を聞き取れないほど先にいってしまうと、さっそくたずねました。

「じゃ話してやるけど、絶対《ぜったい》にもらしちゃだめだぞ。楽しみがおじゃんになるからな」エベルトの口調はいかにも思わせぶりです。「ベッドで寝《ね》ころんでて思いついたんだけど、それがけっこういけてるんだ。ほら、去年、ぼくがもらった本を覚《おぼ》えてるだろ？『ロビンソン・クルーソー』っていうやつ」

「ああ、覚《おぼ》えてる。ぼくたちに貸《か》してくれたよな」ふたりが声をそろえて言いました。

「でさ、オランダの近くに無人島《むじんとう》がないのはくやしいなあって、いっつも思ってたんだ。あったら、そこにいって冒険《ぼうけん》ができるのにさ。ぼくはロビンソン・クルーソーになりたいんだ。みんなもそうだろ？」

ヤンもオッケもうなずきました。

「だからさ、ロビンソン・クルーソーごっこをしないか？　探検家《たんけんか》になる訓練《くんれん》ってわけで、いつかあとで、それがほんとになるかもしれないだろう？　この三人でクラブを作って、だれも知らないかくれた場所に小屋を建《た》てるんだ。どうだい？」ヤンもオッケもまじまじとエベルトを見つめました。

「すごそうだけど、うまくやれるかなあ？」ヤンは自信《じしん》がなさそうです。ヤンは家でとてもだいじにされているので、冒険《ぼうけん》めいたことをやろうとしたら、すぐに感づかれてしまうと思ったのです。

エベルトは頭をかきました。「そりゃあ、むずかしいことだってあるさ。ほら、まず、エルスト村のまわりに、かっこうの秘密《ひみつ》の場所なんて見つからないよな。けど、まあ使えるかな、ってとこなら知ってる。うちの農場の裏《うら》に荒《あ》れたせまい土地があって、そこはイラクサが茂《しげ》ってて低《ひく》い灌木《かんぼく》がはえてるんだ」

「ああ、そこなら知ってる」オッケが口をはさみました。「おまえの去年の誕生日会《たんじょうびかい》のときに、かくれんぼした場所だよな？」

エベルトはうなずいて話を続《つづ》けました。「前に父さんに、そこで友だちと遊んでいいかどうかきいたんだ。そしたら、使ってない土地だからいいって。そんなに広くないけど、探検《たんけん》ごっこにはじゅうぶんだよ。そのつもりになればいつだって、みんなでどっかの島にいるんだって気になれるし、そうすればぐっとおもしろい場所になるよ」

「そうだな。けど、ほかのやつがうろついたりしないか？」そう言ったのはオッケです。

「父さんにたのもうと思ってる。ぼくたちだけで遊べるように、ワイヤーで囲《かこ》ってくれって。そしたらそこに小屋を建《た》てて、なんでも自分たちで作るんだ。だって、うちをあてにしたらいけないだろ。置《お》き去《ざ》りにされたつもりで、なんでも自分たちでやらなくちゃな」

「ときどき、そこで泊《と》まったりできるかな？」ヤンが言いました。「そうできたら、おもしろいだろうなあ」

「ぼくの母さんなら気にしないけど、おまえんちはどうかな」エベルトが言いました。

「うん……」ヤンが、がっかりしてつぶやきました。「きっとだめだな。とんでもないことになりそうだ」

「くよくよすることないって。とにかく、食事はできるよ。ジャガイモをたき火で焼《や》いて、手づかみで食べるんだ。あとでおこられないように、よごしてもかまわない古い服を着ていこうよ。それに、古い服のほうがずっと探検家《たんけんか》っぽいし」

「探検家《たんけんか》じゃなくて、海賊《かいぞく》っていうのはどうだ？」オッケが言いました。オッケはちょうど『海賊旗《かいぞくき》の下に』という、とてもぞくぞくする本を読んでいるところだったのです。

でもエベルトは、それはちょっと子どもっぽい考えだと思いました。「今どきは海賊《かいぞく》になんてだれもなりゃしないよ。昔ならよかっただろうけど、今は牢屋《ろうや》行きだもの。けど、探検家《たんけんか》なら今日にだってなれる。先生も、地球上にはまだ知られていないところがたくさんあります、って言ってるだろ」

ふたりはすぐさまうなずき、それからオッケが言いました。「ほんと、そうだな。ぼくたちは空想のなにかじゃなくて、ほんもののなにかになるんだ。先のために必要《ひつよう》な準備《じゅんび》ってことだ。なかなかいい考えじゃないか」

「ぼくの母さんは、こういうことにやかましすぎだよ」ヤンがため息をつきました。

「けど、なんでもかんでもだめじゃないだろ」ほかのふたりは、友だちらしくなぐさめました。「ところで、ぼくたちをなんと呼《よ》ぶことにしようか？」少し考えてから、三人のなかでいちばん本を読んでいるヤンが「三人のコロンブス人」という名前を提案《ていあん》しました。アメリカを発見したコロンブスにちなんだのです。

「もしかしたら、ぼくたちはいつか、アメリカよりずっと広い土地を発見するかもしれないぞ」ヤンの声ははずんでいます。「コロンブスが、ほかのどこかにたどり着けばよかったのになあ。ぼくたちのためにアメリカを残《のこ》しておいてくれたら、アメリカのインディアンたちとわたりあったり、知り合いになったりできたのにさ」

こんな調子で三人は自分たちの計画に夢中《むちゅう》になり、話はどんどん広がって、いつまでたっても終わりません。

いっぽう、ほかの子どもたちはぐんぐんすべっていきながら、つぎつぎに変《か》わる風景《ふうけい》を楽しんでいました。というのも、川は曲がったりうねったりしながら農場を横切り、灌木《かんぼく》の間をぬけ、生《お》い茂《しげ》った木々がさしのばしている枝《えだ》の下をくぐって走っていたからです。ほんとうに、絵のような美しさです。不意《ふい》にするどくカーブしたと思うと、目の前に広い湖が現《あらわ》れました。子どもたちの口から思わず歓声《かんせい》があがりました。「うわあ、すごいやあ！」

きらきら光る氷が大きく広がる景《け》色《しき》に、みんなの目は釘《くぎ》づけです。見わたすかぎりただ氷で、その果《は》ては真っ青な空にとけこんでいます。空を背《せ》にして、遠くに風車がふたつ見えました。湖をふちどる淡《あわ》い灰色《はいいろ》はアシやイグサです。氷の上では、たくさんの小さな人影《ひとかげ》が、矢のようにいきかったり、楽しげに旗《はた》をなびかせたテントのまわりに群《む》れをなしたりしています。バンドがかなでる音が、そよ風に乗って子どもたちの耳もとまで運ばれてきます。「すごい！」子どもたちは口々にさけび、瞳《ひとみ》を輝《かがや》かせて先生を見あげました。

先生はほほえんで子どもたちの数をかぞえました。「全員がそろうまで待ってから先に進みましょう。さもないと、こんな人ごみの中では、はぐれる人が出てくるかもしれませんからね。エベルトはどこですか？」

「オッケとヤンといっしょに、あとからきます」シモンが後ろをふり返りながら答えました。「もうすぐ着くと思います」

子どもたちはそわそわしています。早く、なめらかな氷の上をすべってみたくてうずうずしていたので、道草三人組がようやく現《あらわ》れるとだれもが喜《よろこ》びました。

先生の提案《ていあん》で、みんなで手をつなぎ、ならんでいっしょにすべることになりました。なんの障害《しょうがい》もない広々とした氷の上だからできることです。そこで、全員集まって横一列にならび、オランダ国歌『ウィルヘルムス・ファン・ナッソウ』を合唱《がっしょう》しながらすべりだしました。

みんながとてもスピードを出してすべるので、歩幅《ほはば》のせまいアフケはついていけません。むりやり引っぱられていくことになりましたが、そのほうが楽なのはたしかです。

突然《とつぜん》、先生のスピードが落ちました。

「ちょっと待ってください。わたしの友だちがいるような気がするんです」先生はそうさけぶと、片足《かたあし》を空中にあげてすべりながらきれいな円を描《えが》いている青年のほうに向かって、急いですべっていきました。

「やあ、アリー！」

声をかけられた青年はすぐさま両足で立つと、うれしそうに片手《かたて》をさし出しました。

「ヘラルトじゃないか！　こんなところで会うなんて！　いったい、なにをしているんだ？　学校にいるはずじゃないのか？」

「いやいや」先生はにこにこ笑《わら》って説明《せつめい》しました。「スケート遠足の最中《さいちゅう》なんだ。子どもたちとぼくとでね。それにしても、なんという偶然《ぐうぜん》だろう。ぼくたちはこれからスネークまでいき、帰りは近道を通ってもどる予定なんだ。もう、たっぷり冒険《ぼうけん》をしてきたよ。そうですよね、みなさん？」

　子どもたちは不意《ふい》に現《あらわ》れた見知らぬ人を恥《は》ずかしそうに見つめていましたが、先生の言葉にはうなずいて、にっこりほほえみました。

「それは楽しいだろうなあ」先生がアリー

と呼《よ》んだ青年はさけびました。

「迷惑《めいわく》でなければ、ぼくもとちゅうまでいっしょにいくよ。なあへラルト、この子たちをポッフェルチェ屋に連《つ》れていったかい？　まだだって？　そりゃいけないよ、これからいこう。きみのぶんは、ぼくのおごりだ！」

アリーさんはポールをにぎると、ポールにつかまってくる子どもたちを、全員引っぱっていきました。残《のこ》りの子どもたちは、息を切らしながらついていきます。

たくさんのテントのひとつで、ポッフェルチェという、小麦粉《こむぎこ》と

ミルクをまぜて焼《や》いた小さなふっくらしたお菓子《かし》を売っていました。その甘《あま》い香《かお》りが、もうみんなをさそっています。

テントの中では白いエプロンをつけたおじさんがストーブの前に立ち、休みなくお菓子《かし》のたねを鉄板の上で焼《や》いていました。なにせ、目の前にたくさんの男の子と女の子が群《むら》がって、ポッフェルチェを買おうとおこづかいをにぎりしめて待っているのですから。

先生と友だちがベンチに腰《こし》をおろして思い出話に花を咲《さ》かせている間、子どもたちは砂糖《さとう》とバター

がそえられたお皿に山もりの、できたてのポッフェルチェをほおばりました。

シモンはテントの支柱《しちゅう》によりかかり、あとからあとから群《むら》がって通《とお》り過《す》ぎていくスケーターたちを見ています。それぞれちがった服を着ているのに、遠くから見るとだれもが同じに見えます。シモンはなんだかひとりぼっちのような気がして、三人のコロンブス人のほうをうらやましそうに見つめました。三人はおこづかいを節約《せつやく》しようと、ひと皿を分けっこして食べていたのです。

「エベルトは、ひとりぼっちってことがない。いつもオッケとヤンがいっしょだ。ぼくにもあんな仲間《なかま》がいるといいのにな」シモンは大きくため息をつくと、自分が友だちと仲《なか》よくつきあっている楽しい姿《すがた》を思《おも》い描《えが》こうとしてみました。シモンは物心ついたときにはも

う両親ともおらず、エルスト村のおじさんに引き取られるまでは、気むずかしい年老《としお》いたおばさんと人里離《はな》れた農場で暮《く》らしていたのです。エルスト村のおじさんは、甥《おい》がなんでみんなと遊ばないのかまったく理解《りかい》できないような人でした。そんなわけでシモンは、いっしょに遊べる友だちがいるってどんなことか、知らなかったのです。ほんとのところ、どんなふうにつきあえばいいのかわからなかったのです。ヤンやオッケやエベルトといっしょになるたびに、なにを言ったらいいのか全然《ぜんぜん》思いつきません。ほかの子といっしょのときもそうです。シモンはただ突《つ》っ立《た》ったまま、そばにいる子たちを見つめていました。これでは、エルスト村の子どもたちが、シモンを奇妙《きみょう》な子だと思うのも当然《とうぜん》です！

アフケはポッフェルチェを食べ終わると、やっと顔をあげました。「あら、シモンがぼんやりしてる。なんか、さびしそう。シモンがいなかったら、エベルトはきっとおぼれてたんだから……」アフケはシモンのそばにいくと、目の前の愉快《ゆかい》な光景《こうけい》をいっしょにながめ、ぶきっ

ちょなスケーターがへまをすると、いっしょに笑《わら》ったりしました。そうして何度も何度もいっしょに笑《わら》ううちに、シモンの顔からかげりも消えて、茶色の瞳《ひとみ》はきらきら輝《かがや》きだしました。

ほかの子どもたちもお皿をもうすっかりからっぽにして、べとべとする指をなめています。「何時だろう?」先生があわてて腕時計《うでどけい》をのぞきこみました。「二時半ですよ! しまった! これは、急がないと!」

「スネークまで先導《せんどう》させてくれ」アリー・デ・ウィット(アリーさんの正式な名前です)さんが言いました。そしてハーモニカを取り出し、陽気なメロディを吹《ふ》きはじめました。「これはいい。楽団《がくだん》つきだな」先生は笑《わら》っています。「さあ、出発!」

湖をわたりきるのに少し時間がかかりました。湖を出ると、みんなを小さな町スネークまで導《みちび》いてくれる、まっすぐのびた運河《うんが》に入りました。湖のきれいでなめらかな氷をすべったあとでは、運河《うんが》にはがっかりです。あちこちにひび割《わ》れがあり、表面には黄色のしみが浮《う》いているからです。こんどはみんなのすべりが慎重《しんちょう》になったので、エベルトたち三人が先頭に立ちました。

「やったね」エベルトがふたりに小声で言いました。「ぼくたちは北極探検隊《ほっきょくたんけんたい》の隊長《たいちょう》だということにしようよ。後ろのみんなは部下の隊員《たいいん》さ」

そんなふうに考えると、三人はとっても楽しくなりました。ときおり右や左の岸に、かわいい赤レンガの家や緑色の木造《もくぞう》の家が現《あらわ》れては、後ろへと流れていきます。

「あれはね、エスキモーの家なんだよ」エベルトが言いました。氷にとじこめられてしまった黒い小舟《こぶね》のそばを通ると、「クジラがいるぞ」とささやきました。それにはヤンもオッケも思わずふきだしました。後ろからついてきていた子どもたちはそんなようすを見て、どうしたんだろうとふしぎがっています。アフケは思いました。――エベルトたちったら、なんかたくらんでる。でも、いいわ。エベルトがきっとあとで教えてくれるから。

このふたごは、なんでも分けっこするのです。

第五章　さらなる冒険《ぼうけん》

運河《うんが》を通って町に入っていくのは、うっとりするほどすてきなことでした。上の道を歩く人は機械《きかい》じかけのお人形のようで、車はおもちゃのように見えます。それにだれも、みんなのことに気がつかないようなのです。「うわっ！」と大声を出したら、きっと、とびあがっておどろくに決まっています。

先生と子どもたちはおしゃべりひとつせず、静《しず》かに、スネークの町に入る有名な水門の下をくぐりぬけました。子どもたちはそれまで、エルスト村の外に出たことはほとんどありませんでした。お父さんもお母さんもいそがしくて、市《いち》にでかけるのにも、子どもたちを連《つ》れていく余裕《よゆう》などないからです。そんなわけで、エベルトやアフケやふたりの友だちにとって、今日のスケート遠足は魔法《まほう》の旅でした。目の前の景色《けしき》はおとぎの国のように見えます。あたりのようすにすっかり気をとられ、また事故《じこ》が起きないのがふしぎなくらい。だれも、足もとなどまともに気をつけていませんでした。

運河《うんが》は水門をぬけるとぐっと幅《はば》がせまくなり、町の中心をぐるりと巻《ま》くように走っていました。子どもたちがいる場所からは、両岸のようすがはっきり見てとれます。物売りの男の人が馬車の後ろから、のどをからして品物の名前をさけんで歩いていきます。ショールを体に巻《ま》きつけたおかみさんたちが、近所の人たちどうしでおしゃべりをしています。子どもたちは雪だるまをこしらえたり、雪合戦《ゆきがっせん》をして遊んでいます。そしてなによりすごかったのは、大きな手回しオルガンを見たことです。あふれ出る陽気な調べにさそわれて、男の子や女の子がたくさんやってきては、オルガンを囲《かこ》んで楽しそうに踊《おど》っていました。市が開かれる広場を過《す》ぎようとしたとき、全員の足が止まりました。先生の声が聞こえたからです。「ここでスケートをはずしましょう。つぎは町を探検《たんけん》します」

広場は、朝なら品物を売ったり買ったりする人でとてもにぎやかですが、今はがらんとして、金曜定例《ていれい》のチーズ市《いち》のあとかたづけをしているおじさんたちの姿《すがた》がちらほら見えるだけです。広場のいちばん奥《おく》には、高い塔《とう》を抱《だ》いた美しい古い教会が建《た》っています。とんがった塔《とう》のてっぺんでは、金色の風見鶏《かざみどり》が陽《ひ》の光を浴《あ》びてきらきら輝《かがや》いていました。

「あれは、すごい建物《たてもの》なんだ。十五世紀《せいき》に建《た》てられたんだよ」デ・ウィットさんはそう言ってスケートをはずすと、教会に向かって歩きだしました。

アフケは塔《とう》を見あげたとたん、ぎゅっと目をつぶりました。「くらくらしちゃう。だって、とっても高いんだもん」そうさけんだのもむりはありません。アフケは、ポプラの木より高いものを見たことがなかったのです。

塔《とう》の姿《すがた》に見とれていたエベルトが、先生の袖《そで》を引っぱってききました。「先生、ミヒール・デ・ロイテルがのぼった塔《とう》も、あんなに高かったんですか?」先生は、にっこりしてうなずきました。

オランダの子どもならだれでも、オラニエ王家のウィレム三世が治《おさ》める時代に活躍《かつやく》したミヒール・デ・ロイテルという有名な海軍提督《かいぐんていとく》のお話が大好《だいす》きです。そして、この英雄《えいゆう》が子どものときはどんなにやんちゃぼうずだったかを聞きたがります。あまりの悪たれぶりに学校を追い出されたミヒール・デ・ロイテルは、ロープ作りの徒弟《とてい》になって縄《なわ》ない機《き》のハンドルを回す生活を余儀《よぎ》なくされます。さて、そんなある日、仕事を投げ出して、そのとき住んでいたフリッシンゲンという小さな町の教会の塔《とう》にのぼりました。それも尖塔《せんとう》にのぼるために、屋根のスレートを蹴落《けお》として足がかりを作りながら、です。てっぺんまでのぼると、巨大《きよだい》な風見鶏《かざみどり》にしがみつき、家々の屋根のはるか向こうに広がる、とてつもなく大きな海をながめました。帆《ほ》をあげた船がいくつも、遠い国々に向かって進んでいきます。そして少年の魂《たましい》も海に引きよせられていきました。けれど、晩《ばん》ごはんの時を知らせるようにおなかの虫が鳴ったので、少年は下におりることにしました。地面におり立ってみると、広場はたくさんの人で大さわぎになっていました。中には、見るだにおそろしくて気を失《うしな》いかけているおばあさんも何人かいましたし、だれもかれもが、無鉄砲《むてっぽう》な少年に腹《はら》をたてていました。少年は、仕事をさぼったこと、塔《とう》の屋根をこわしたこと、そして命を落としかねない危険《きけん》をおかしたことで、父親と親方の両方からしこたまぶたれるはめになりました。

このお話は、もちろん、同じような悪さをしたくなるだれかさんへのいましめですが、ミヒール・デ・ロイテルが尖塔《せんとう》からあこがれを持ってながめたその海で名声を勝ち得《え》、オランダの偉大《いだい》な提督《ていとく》のひとりになったのだと考える

と心がおどりますね。

　さて、先生と子どもたちは今度は歩いて、小さな町の昔ふうのせまい通りをぬけていきます。子どもたちは熱心《ねっしん》にお店のショーウインドーをのぞきこみました。女の子はおしゃれなスカーフを指さし、男の子はサッカーボールやおもちゃの鉄砲《てっぽう》に夢中《むちゅう》です。チェルクにはお使いがあり、乳製品販売店《にゅうせいひんはんばいてん》のおやじさんにおかみさんからの書きつけをとどけなくてはいけません。みんなはチェルクの用事がすむまで、お店の外で待つことにしました。

　通りの角のところで小さな男の子が泣《な》きじゃくり、よごれた手で目をこすっています。泣《な》いている子を見ると放っておけないアフケは、そばによって身をかがめ、男の子のちっちゃな顔をのぞきこみました。「どうしたの?・」

「雪の中にお金を落っことしちゃったの」男の子はそう言ってしゃくりあげました。「ぴっかぴかの新しいコインだよ」

　アフケのあとをついてきたデ・ウィットさんが、すぐにポケットからコインをひとつ取り出して男

の子に手わたしました。さあ、これで笑顔《えがお》にもどる――と思ったのに、男の子は手にしたコインをじっと見つめると、またわっと泣《な》きだしました。「なんで？」アフケはびっくりです。「もう、コインはもどったでしょ？　なんで泣《な》くの？」

「うん……け……けど、落っこと……さなかったら……ふ……ふたつ……になったんだい」男の子は鼻をすすりあげました。

これにはデ・ウィットさんもアフケも笑《わら》うしかなくて、悩《なや》みのつきない、ちっちゃなわからんちんをほっとくことに決めました。

そうしているまにチェルクのお使いもすんだので、みんなはまたそろって歩きだしました。するとまもなく、細長い窓《まど》がたくさんならんでいる建物《たてもの》の前にやってきました。どうやら学校のようですが――そう、たしかにそうでした。ちょうど休み時間のベルが鳴り、生徒《せいと》たちがいっせいにがやがやと外に出てきたのです。生徒《せいと》たちはこちらのみんなに気がつくと「わーい、よそものだあ」とはやしたて、雪玉をぶつけてきました。

もちろん、エルスト村の子どもたちだって、だまってはいません。となれば、さあ、雪《ゆき》合戦《がっせん》のはじまりです。先生とデ・ウィットさんまで仲間《なかま》入り。その戦《たたか》いのすさまじさといったら！　雪玉が、右から左からそして真正面から、高く低《ひく》く飛《と》びかい、大きなふわふ

わの玉や小粒《こつぶ》のかたい玉が、足や背中《せなか》や頬《ほお》や鼻に命中します。窓《まど》ガラスや屋根に当たってくだけた雪は、きらめきながらあたりいっぱいに降《ふ》りそそぎます。あちこちから悲鳴があがり、「負けるな、スネーク！」、「がんばれ、エルスト！」というかけ声もひびきわたります。それに、女の子たちが雪をかき集めようと腰《こし》をかがめるたびに、スカートやのりのきいたエプロンがこすれて音をたてます。どちらの側《がわ》も、降参《こうさん》なんてとんでもない。ふたたびベルが鳴らなかったら、春がくるまで雪合戦《ゆきがっせん》は続《つづ》いていたかもしれません。けれど、そうはいかず、ベルの音にうながされたスネークの生徒《せいと》たちは、去りぎわに雪玉をいくつか投げつけると、しぶしぶ教室の中にひっこんでいきました。合戦《かっせん》は残《のこ》ったエルスト村の子どもたちの勝ちです。

エルスト村の戦士《せんし》たちは、ほてった顔の汗《あせ》をぬぐったり、みだれた服を整えたりしながら、負傷者《ふしょうしゃ》はいないかとあたりを見まわしました。みんな無事《ぶじ》、と言いたいところでしたが、デ・ウィットさんがたいへんなことになっていました。やみくもにピョンピョンとびはね、体をひねり、よじり、くねらせています。うなじのところから雪玉が入りこんでしまい、それがじわじわと背中《せなか》をすべり落ちていたのです。

「なかなか、どうして」先生が体から雪をはらい落としながら言いました。「りっぱな戦《たたか》いでしたね。それに、女の子も最後《さいご》までほんとによくがんばりました。ところで残念《ざんねん》ですが、そろそろ帰る時刻《じこく》がきましたよ」

「えぇー!」ちっとも帰りたくない子どもたちは、いっせいに声をあげました。

先生はみんなを引《ひ》き連《つ》れて市《いち》の立つ広場にもどると、塔《とう》の時計と自分の腕時計《うでどけい》を見くらべて時刻《じこく》をたしかめました。

「ちょっとだけ教会の中をのぞいてみないか」デ・ウィットさんが言いました。「たしか、見学ができるはずなんだ」

「うん、それはいい。時間もそれほどかからないだろうし」先生もうなずきました。

デ・ウィットさんが教会の横にある小屋の戸をたたくと、掃除《そうじ》や雑用《ざつよう》をするおじいさんが大きな鍵《かぎ》を手にして出てきました。

「寺男《てらおとこ》だ」ヤンがオッケにささやきました。

エベルトがふたりの肩《かた》をとんとんと勢《いきお》いよくたたきました。「すごいもんだ。ぼくたちのために教会の扉《とびら》を開けてくれるんだってさ。これはぼくらの最初《さいしょ》の探検《たんけん》だ。三人でいっしょに固《かた》まっていようぜ」

教会に入ると、中はあっけにとられるほど大きくて、アーチ形の天井《てんじょう》を、しっくいでぬられた何本もの太い柱が支《ささ》えていました。あたりは神秘的《しんぴてき》な薄闇《うすやみ》に包《つつ》まれていて、ただ、高い窓《まど》からいくつもの筋《すじ》になってさしこむ陽《ひ》の光が、金色のもようを投げかけています。はしのほうには工事用の足場が見えます。教会の一部で修理《しゅうり》がほどこされているのでしょう。ハンマーを打ちつける音がくぐもってひびきわたり、職人《しょくにん》さんたちが熱心《ねっしん》に仕事をしているのがわかります。

先生とデ・ウィットさんはさっそく、信者席《しんじゃせき》や説教壇《せっきょうだん》にほどこされたさまざまな彫刻《ちょうこく》を見せてもらいながら、寺男《てらおとこ》のおじいさんと話しこんでいます。子どもたちはその間、ぶらぶら歩きまわっては、床《ゆか》にはめこんである灰色《はいいろ》の大きな石板の数をかぞえたり、墓石《ぼせき》にきざんである言葉をたどって読んだりしていました。

けれど、エベルトとふたりの友だちは、みんなとは離《はな》れて歩いていました。「もってこいのチャンスだよ。ここで探検《たんけん》をやらない手はないぜ」エベルトが小声で言いました。「そんな時間あるかな？」オッケが不安《ふあん》そうに先生のほうをちらっと見ました。

「ほんのちょっとだけさ。それに、ほら、秘密《ひみつ》の通路を発見！　ってことになるかもしれないじゃないか！」

三人は、先に目をとめていた小さな扉《とびら》のほうにそっとしのびよりました。そこは足場の一部が突《つ》き出《だ》した陰《かげ》になっていて、先生からは見えません。ヤンが扉《とびら》を開けると三人は中に入り、音がしないようにそっと扉《とびら》を閉《し》めました。

けれども、それを見ているだれかさんがいました。エベルトたちはなにをしているのか気になってしかたがないシモンが、近くをこっそりついて歩いていたのです。さあ、シモンも、三人が姿《すがた》を消した小さな扉《とびら》の前に立ちました。あたりをうかがいますが、だれも近くにはいません。ふいに、三人のあとを追ってみよう、という気になりました。そうなるのもむりはありませんよね。扉《とびら》を開けると、石だたみの通路のかびくさい匂《にお》いが鼻をつきます。シモンはいっそう好奇心《こうきしん》をかきたてられ、中に入っていきました。

通路を進んでいくと、ほこりだらけのらせん階段《かいだん》にいきあたりました。足を踏《ふ》みこんでみると、階段《かいだん》は塔《とう》の上まで続《つづ》いているようです。壁《かべ》はしめっぽく黒ずんでいて、のぼるにつれて寒さが増《ま》してきます。シモンは息をつめて耳をすましました。小さな石ころがいくつか、音をたててころがり落ちてきました。それと同時に上のほうからは、押《お》し殺《ころ》したような笑《わら》い声《ごえ》がひびいてきます。きょろきょろあたりを見まわしながらのぼり続《つづ》けると、とちゅうでいったん階段《かいだん》が切れて、木で床《ゆか》を張《は》った円形の踊《おど》り場《ば》に出ました。そこには、広場に向かって小さな窓《まど》がついていています。

ふいにシモンは、いくつもの腕《うで》にがっしりとつかまえられました。「捕虜《ほりよ》をとらえたぞ！」荒々《あらあら》しい三つの声がします。シモンは目をむき、身をよじりました。けれど、なあんだ！　悪者はエベルトとヤンとオッケではありませんか。

「おい！　放せよ！」シモンはさけびました。「よせったら」

けれど、三人はシモンの両手をよごれたハンカチでしばると、大声で笑《わら》いました。「こいつは、ぼくらの家来のフライデーだ」エベルトがいばりくさって言いました。

「インディアンのかしら、ウィネトーがいい」ヤンが言いました。

「それか、海賊船《かいぞくせん》の船長、黒ドクロだ」オッケも続《つづ》きます。

シモンには、なんのことかさっぱりわかりません。「なんだよ。ぼくはそんなんじゃないよ」

その言葉に、三人はまたどっと笑《わら》いました。シモンはもう一度腕《うで》を振《ふ》りほどこうともがきましたが、今度はそれほど必死《ひっし》ではありません。これはゲームのようなものなんだと気がついたのです。そこで、シモンはまじめくさって「ジプシーの王、パンショーがきく。おまえたちはなぜ王たる者をとらえる?」とたずねました。

エベルトも、とたんにきまじめな調子になりました。ぐっと胸《むね》をそらすと、いかにもえらそうに答えます。「三人のコロンブス人のかしらが答える。おまえは三人の領地《りょうち》に無断《むだん》で入りこんだ。それゆえに、おまえが三人を裏切《うらぎ》らないと誓《ちか》うまでとらえておく」

「誓《ちか》うとも!」シモンは、本心からのせりふが言えるのでうれしく思いながらも、おごそかに答えました。

「では、縄《なわ》をとけ!」エベルトがもったいぶって命じると、オッケとヤンがハンカチをほどきます。

ドシン……ドシン! 突然《とつぜん》、頭上の階段《かいだん》からだれかの足音がひびいてきました。

「ものども!」エベルトが小さな声で言いました。「すみやかに下におりるぞ」四人は口をつぐむと、つま先立ちで足音をしのばせ、らせん階段《かいだん》を急いでおりました。背後《はいご》から重いブーツの音がせまってきます。石だたみの通路までもどってくると、置《お》きっぱなしの古びた信者席《しんじゃせき》の後ろにうずくまり、息を殺《ころ》してじっとしていました。足音はどんどん大きく

なり、ついには、青いつなぎの作業服を着て道具箱をかかえた職人《しょくにん》さんが、なんにも気づかずに目の前を通《とお》り過《す》ぎていきました。

職人《しょくにん》さんがいってしまうと、四人はかくれ場所からはい出しました。石だたみの上に厚《あつ》い灰色《はいいろ》の敷物《しきもの》みたいに積《つ》もっていたほこりが、今は四人のズボンや手にくっついています。顔もうすよごれていました。

「でかした、シモン」三人は声をそろえて言いました。「おまえは裏切《うらぎ》らなかった」

シモンもすっかり遊びにはまっています。「パンショーはだれも裏切《うらぎ》らない！」

ヤンがはっとしたように体を起こしました。「いけない。すぐに、もどんないと」その言葉にみんなはぎょっとして、われ先に小さな扉《とびら》に突進《とっしん》しました。けれど、取っ手を回しても扉《とびら》は開きません。四人はぼうぜんとして、たがいに見つめあいました。

「ぼくにやらせて」シモンが進み出ました。残《のこ》りの三人が見つめるなか、シモンはがんば

りましたが、扉《とびら》はびくともしません。

「わかった」エベルトが声をはりあげました。「さっきの人が鍵《かぎ》をかけたんだ」

なるほど、どうりで扉《とびら》が開かないわけです。……で、それで、どうすればいいのでしょう？

ヤンとオッケが扉《とびら》の羽目板をけったり、通路じゅうにひびきわたるほどの声で助けを呼《よ》んでみたりしましたが、しばらくじっと耳をすましてみても、だれかが救出《きゅうしゅつ》にきてくれる気配はありません。

「たいへんなことになっちゃった」ヤンがうめきました。オッケもエベルトもしょげかえっています。けれど、いつも引っこみがちなシモンが、ここではみんなの気持ちの引き立て役にまわりました。

「だいじょうぶだよ。きっと、どこかに出口はあるさ」シモンが明るくそう言うと、三人は思いなおしたようにぱっと顔をあげました。

「出口って？　どこかって、どこ？」

「だから、それをみんなでさがすんだよ」シモンが答えました。

「そうだ、そうだ」三人は口々に言いました。「ぼくたちって、まぬけだよな。ほかにも扉《とびら》があるに決まってるのにさ」そこで四人はうす暗い通路をあちこち歩きまわりました。

いっぽう、教会の中でも大さわぎになっていました。出発する時間になって、先生が子どもたちを呼《よ》び集《あつ》めてみると、なんと男の子が四人もいないのです。「そんなばかな！いったいあの子たちは、どこへいったんです？」先生は思わずさけびましたが、すぐにこう言いなおしました。「いやいや、心配はいりませんね。あの子たちはふざけているのです、きっと。そう、どこかにかくれているんですよ」

ならばと、いっせい捜索《そうさく》がはじまりました。子どもたちは柱の陰《かげ》や信者席《しんじゃせき》の後ろをのぞき、人目につかないところやすみっこに目をこらします。寺男《てらおとこ》のおじいさんも、ぶつぶつ言いながらいっしょにさがしてくれました。けれど、男の子たちの姿《すがた》はどこにも見あたりません。

「いよいよ、これは変《へん》ですね」先生は眉根《まゆね》にしわをよせました。「まさか、あの子たちの身になにか起こったとか？」

「見て、小さな扉《とびら》から男の人が出てきた」アフケがさけびました。「もしかすると、あの人がなんか知ってるかも」

みんなが見ると、青いつなぎを着た職人《しょくにん》さんが扉《とびら》を閉《し》めて鍵《かぎ》をかけています。アフケはおずおずとそばに近より、男の子たちを見なかったかどうかたずねました。

「男の子だって？」職人《しょくにん》さんはひどくびっくりしたようにきき返しました。「どういうことだ？」

「いっしょにきた子が四人見つからないの。それで、この扉《とびら》の向こうにいったんじゃないかって……」

「ありえないな！　それなら、おれが会っているはずだ」職人《しょくにん》さんは、先生が近づいてくると、あいさつがわりに帽子《ぼうし》をひょいと持ちあげました。

「四人の男の子たちには会わなかったんですね？」

「会ってませんよ、先生。いたら、おれが見のがすわけはないですからね。もし見つけてたら、用もないのにうろつきまわるなって説教《せっきょう》してやったとこでさ」このむっつりした職《しょく》人《にん》さんは、どうも感じがよい人ではなさそうです。先生は肩《かた》をすくめるしかありません。

「もちろん、そうですね」

「なあ、ヘラルト」デ・ウィットさんが口をはさみました。「外に出た、と考えられないか？　待ちくたびれて、みんなの目をぬすんでそっと出ていったのかもしれない」

「なるほど、そうか！」先生の声は急に明るくなりました。「そして、きっと、広場でぼくたちを待っているんだ」

そこで全員がぞろぞろと外に出ました。職人《しょくにん》さんは帽子《ぼうし》をかぶりなおし、新しい嚙《か》みタバコを口に入れると、道具箱を持ちあげて家に帰っていきました。そんなわけで、とじこめられたと気づいた四人が、助けをもとめてさけんでも扉《とびら》をけっても、その音はだれの耳にもとどかなかったのです。

外の広場では、夕暮《ゆうぐ》れ間近のお日さまが屋根の雪をうっすら赤くそめていて、すみれ色の影《かげ》が地面に長くのびていました。用事をすませようと人々が足早にいきかっています。

木立のあたりでは子どもたちが遊んでいます。犬が一匹《ぴき》、ほえました。——けれど、男の子たちの姿《すがた》はどこにも見あたりません。先生は不安《ふあん》そうに左右に目をやりました。とりみだしたアフケは、そこいらにいた年とった紳士《しんし》を引き止めると、息もつかずに話しかけました。「すみません。四人の男の子を見ませんでしたか？　クラスの男の子が四人、いなくなっちゃったんです。それに、ひとりは、あたしのふたごのお兄ちゃんなんです」

紳士《しんし》はとても気《き》の毒《どく》がって、「これは、これは！」とつぶやきました。「なんと、まあ！いいや、おじょうちゃん、そういうお子さんは見ていませんよ。うーん、こまりましたねえ！」そして、こんな災難《さいなん》が起きたのは全世界に罪《つみ》があるとでも言わんばかりに、とがめるような目つきであたりを見わたしました。小さな町ではよくあるように、あっというまにたくさんの人が集まってきました。そして、アフケの涙《なみだ》にだれもが胸《むね》を痛《いた》めました。使い走りの小僧《こぞう》さんやお手伝《てつだ》いさん、それに小さい子どもを連《つ》れたお母さん、といった人たちが、先生と子どもたちの小さな集団《しゅうだん》をとりかこみました。

　先生は心配でいても立ってもいられなくなり、また教会に飛《と》びこみました。「どうしたらいいんだ？」先生は大声でさけびました。「エベルト！……オッケ！……ヤン！……シモン！」けれど、元気な返事は返ってきません。先生はもう一度、思いつく場所という場所をすべて見てまわりました。あの小さな扉《とびら》まで開けてみようとしましたが、鍵《かぎ》がかかっていいます。やはり、職人《しょくにん》さんが言ったように、男の子たちがこの中に入っていったということはないのでしょう。先生はふるえる手で頭をかきむしりました。脳裏《のうり》にはありとあらゆる事故《じこ》や災難《さいなん》がつぎつぎに浮《う》かんできます。あの子たちだけでどこかにいってしまった？　いやいや、そんなことをするはずはない。もしかしてシモンなら。だが、エベルトにかぎって、それにヤンも、オッケだって、そんなことはしない。じゃあ、あの子たちはどうしたんだ？　先生はまた外に飛《と》び出《だ》しました。

「こうなったら、あとはもう――」先生はデ・ウィットさんに言いました。「警察《けいさつ》に知らせてさがしてもらうほかないな。やれることはすべてやったんだから。だが、あぁー！　これを知ったら、ご両親はなんとおっしゃるだろう」先生はとてもつらそうでした。

「おい、おい。あきらめるのはまだ早いぞ。とにかく、たくましい男の子が四人そろって、危険《きけん》なめにあうはずはないさ」デ・ウィットさんもそう言ってなぐさめてみたものの、眉《まゆ》をひそめ、唇《くちびる》をかみしめています。

そして、気をもんでいる小柄《こがら》な寺《てら》男《おとこ》のおじいさんに向かって、こんなことまで言いました。「この教会に幽霊《ゆうれい》はいませんよね」

「あたりまえじゃろ」おじいさんはむっとした調子で答えました。

警察《けいさつ》に向かっていくのは、しょ

んぼりと肩《かた》を落とした小さな行列です。アフケは悲しくて悲しくて、歩きながら涙《なみだ》のしずくをつぎつぎに雪の上に落としていきます。

警察《けいさつ》では、ずんぐり太った警官《けいかん》が先生の話を書きとめました。エベルトとヤンとオッケは金髪《きんぱつ》、シモンは黒い髪《かみ》。シモンはほかの三人よりわずかばかり年上で体も大きい。オッケは真っ赤な上着を着用。――警官《けいかん》はしきりに鉛筆《えんぴつ》をなめ、小さく息をつきながら聞いた言葉をのんびりとくり返し、メモをとっていきます。

「それで、夕暮《ゆうぐ》れまでには見つかるでしょうか？」

先生が質問《しつもん》をすると、警官《けいかん》はずり落ちたメガネをかけなおしました。そうすると今度は、なかなか威厳《いげん》がある人に見えました。「必要《ひつよう》な手はすべてうちますよ。だが、結果《けっか》はなんとも言えませんな」もったいぶって答えると、警官《けいかん》はドスンと音をたててまた椅子《いす》の背《せ》によりかかりました。そんなわけで、その殺風景《さっぷうけい》な部屋を出るときには、だれもの心がさらに深く沈《しず》んでいました。

「どうしたらいいの？」涙《なみだ》のあとがついた顔をあげて、アフケがたずねます。

先生はすまなそうな目でアフケを見つめました。「先生にもわからないんです。どうしたらいいのでしょう。ただ、四人がいないままでも帰らなくてはなりませんね。ひと晩《ばん》じゅうここにいるわけにはいきませんから」

「けど、置《お》いてきぼりなんてだめ」アフケはおそろしさでいっぱいになって、さけびました。

「だからといって、ほかにどうしようもないんですよ、アフケ」

先生とみんなはうなだれて運河《うんが》に向かいました。そして運河《うんが》に着くと、最後《さいご》にもう一度、暗い目をあげて教会を見つめました。

ちょうどそのときでした。すばらしいことが起きたのは。


みんなが大さわぎしている間、四人の男の子たちは塔《とう》からの逃《に》げ道《みち》をずっとさがしていました。十五分ほどさんざんさがしまわっても成果《せいか》はあがらず、だれもがくたびれはてて、がっくりと気を落としていました。あー、どうしよう。気《き》の毒《どく》な先生！　きっとすごく心配してるよなあ。

「踊《おど》り場《ば》までいって、窓《まど》から外をのぞいてみるんだ」シモンが提案《ていあん》しました。そうです、その手がありました。外のようすが見てとれるかもしれません。四人は勢《いきお》いこんで階段《かいだん》をのぼりました。足音が石壁《いしかべ》にひびきわたります。ヤンは青ざめ、ひどくおびえているみたいです。

「こんなことになったのも、エベルトがさそったからだぞ」ヤンはふきげんな声でエベルトをせめました。「ばかげてたよなあ。父さんはかんかんになるに決まってる。ぼくは死ぬほどがみがみ言われるんだ」そして、うなるような声をあげました。

エベルトにだって言い分はあります。「ばかげてるって思ったら、なんでそう言わなかったんだよ？　それにさ、シモンをつかまえようと言ったのは、ヤン、おまえだぞ。あんなことしなければ、きっとまにあうようにもどれたんだ」

「おいおい、やめろよ」オッケがふたりの中に入りました。「けんかなんかしていたら、絶対《ぜったい》に出られないぞ。力を合わせてなんか考え出そうぜ。さもないと、ほんとに、ここにとじこめられたままってことになる。そうなったらどうする？」

エベルトとヤンはぴたりと口を閉《と》じました。けれどシモンは、なにかいい方法《ほうほう》はないかと知恵《ちえ》をしぼっていて、いっそう深刻《しんこく》な顔つきをしています。

さっきのせまい踊《おど》り場《ば》までのぼってみると、窓《まど》はとても小さくて、一度にひとりがやっとのぞけるだけでした。まずエベルトがのぞいてみました。

「うわあー、人がいっぱいだ」エベルトはガラスに鼻を押《お》しつけてさけびました。「みん

な、なにやってんだろう？　あっ、アフケだ！　かわいそうに、泣《な》いてるよ！　ああ、ほんとになんとかしなくちゃ」エベルトは悲しそうに顔をそむけました。

「なにかを振《ふ》るとか、さけぶとかしてみるんだ」シモンに言われて、みんなで窓《まど》を開けようとしましたが、窓《まど》はびくともしません。

つぎにのぞいたヤンは、下を見るなり、ぎゃっと悲鳴をあげました。「おい、たいへんだ！　みんながぼくたちを置《お》いて帰っていくぞ」たしかに、小さな行列が去っていきます。のろのろと足どりも重く、でも確実《かくじつ》に。

オッケとエベルトは床《ゆか》にぺたんとすわりこみました。靴《くつ》の先を見つめる目は涙《なみだ》でうるんでいます。みんなが帰っても自分たちがいなかったら、母さんや父さんはどれほどおどろき、うちのめされるだろう。寒くて長い夜のことも頭をよぎりました。だあれもいない塔《とう》の中で、これから何時間も飲まず食わずですごすのです。こんなにみじめな思いをするのは、生まれてはじめてでした。

けれどシモンは、ほかの子とちがって心から気づかってくれる人はだれもいないのに、くじけません。「いいかい、とにかくだれかの注意をひくんだ」シモンはてきぱきした声で言いました。「まわりにいっぱい人がいるのに、もう出られないってあきらめるのはおかしいよ。いいかい、塔《とう》のてっぺんまでいって、外に出られないか見てみよう」そう言って自分から動きだすと、ひとりだけでも元気なことにほっとしながら、ほかの三人もおとなしくあとに続《つづ》きました。

階段《かいだん》をのぼりきると踊《おど》り場《ば》で、そこの扉《とびら》や窓《まど》が、見学者のために設置《せっち》された円形のバルコニーに向かって開くようになっていました。四人がバルコニーに出てみると、塔《とう》の後ろにも足場が組んであります。階段《かいだん》をおりてきた職人《しょくにん》さんは、そこで仕事をしていたのでしょう。バルコニーの手すりごしに見おろすと、下にいる人がアリんこのように見えます。

「さあ、ありったけの声を出すんだ」シモンに言われて、みんなはハンカチを振《ふ》り、助けてーと大声でわめきました。けれど、声は風にさらわれてだれの耳にもとどきません。

「ああ、だめだ！」エベルトは力なく壁《かべ》にもたれかかり、あまりの寒さにポケットに手をつっこみました。ヤンとオッケもがたがたふるえ、もう外にはいられないと言いたてたので、みな、しょんぼりと中にひっこみました。

「シモンはどこ？」ヤンがすぐに気づいて声をあげ、みんなであたりを見まわしました。シモンがいつのまにか消えていました。

「あいつもあきらめたんだ」オッケはそう言うとすわりこんで、両手で頬杖《ほおづえ》をつきました。ヤンはため息をもらしています。雪をのせた家々の屋根より高い場所で、沈《しず》み残《のこ》るお日さまの光に金髪《きんぱつ》を輝《かがや》かしてぼうぜんとしている三人の姿《すがた》は、まさに、「悲惨《ひさん》」を絵に描《か》いたようでした。

そしてそのとき、「すばらしいこと」が起こったのです。三人にとっても、運河《うんが》で帰りじたくをしていた小さな集団《しゅうだん》にとっても、同じようにすばらしいことが。

それは鐘《かね》でした。夕暮《ゆうぐ》れの静《しず》けさを突《つ》き破《やぶ》るように、突然《とつぜん》、教会の鐘《かね》の音があたりいっぱいにひびきわたったのです。そもそも鐘《かね》の時刻《じこく》ではありませんし、鳴りかたも変《へん》です。

とてもやかましく、音はめちゃめちゃにもつれあい、ぶつかりあい、迷子《まいご》になった子どもたちのように泣《な》きさけんでいました。

塔《とう》の中の三人は顔をあげました。「シモンだ！　こんなことを思いつくなんて、あいつってすごいや」三人がほっとしたのなんのって。勝利《しょうり》のダンスだといって踊《おど》りはじめたくらいです。「ヤッホー！　ジプシーの王さまばんざい！」とさけびながら。

ええ、それはシモンがやってのけたことでした。あたりをさぐっているうちに鐘《かね》つきのロープが目に入り、そのとたんに、鐘《かね》を利用《りよう》することを思いついたのです。このかしこい考えが浮《う》かばなかったら、スケート遠足がどんな結末《けつまつ》になっていたか、まったく見当もつきません。とにかくシモンは鐘《かね》を鳴らし、人々は空気をふるわせるその耳ざわりな音に、おやっと思って教会を見あげたのです。そして、なにごとが起きたのだろうと広場にかけよってきたのです。

先生も顔をあげ、子どもたちに呼《よ》びかけました。「ほら！　教会の鐘《かね》の音がふつうとちがいますよ」みんなはしばらく耳をかたむけました。そして先生が、安心したような明るい声でさけんだのです。「あの子たちです！　あの子たちは塔《とう》の中にいるんです。どうしようもない、悪い子たちだ！」そうはいっても、先生は本気でおこっていたわけではありません。あれだけの心配から解《と》き放《はな》たれたのですから。

「それって……それって……だったら……あの男の人がとじこめちゃったんだ。やっぱりね。お兄ちゃんたちがかくれてたんで、それで、気がつかなかったのよ！」アフケは勢《いきお》いこんで言ったので、舌《した》がもつれています。みんなはまたスケートをはずすと、教会に向かって急ぎました。教会では寺男《てらおとこ》のおじいさんが、もう正面の扉《とびら》を開けていました。

「あの悪がきどもめ！」おじいさんは、例《れい》の小さな扉《とびら》の鍵《かぎ》をもたもたとあつかいながら、ぶつくさ言いました。「なにをしでかすやら、ゆだんもすきもありゃせん」

けれど、だれもそんな言葉なんか気にもとめませんでした。うれしくて、それどころではなかったのです。おじいさんが教会に入るとすぐに、鐘《かね》は鳴りやんでいました。そして、小さな扉《とびら》の鍵《かぎ》が開くと、ぼさぼさ頭の、うすよごれた四人のいたずらっ子が、まっすぐに先生の腕《うで》の中に飛《と》びこんできました。

「こら、こら！　ちょっと落ちつきなさい！」総攻撃《そうこうげき》にあった先生は悲鳴をあげましたが、じつはとてもほっとしていました。

アフケは両腕《りょううで》をエベルトの首にからませ、ぎゅっと抱《だ》きつきました。「あー、エベルト、エベルト！　もう一生会えないと思ったんだから！」

「そんなにくっつくなってば！」エベルトがつっけんどんなのは、アフケに抱《だ》きしめられて恥《は》ずかしかったからです。けれど、寺男《てらおとこ》のおじいさんも、もらい泣《な》きの涙《なみだ》をぬぐっていました。
最初《さいしょ》のさわぎが一段落《いちだんらく》すると、先生はふたことみこと、いたずらっ子たちにきびしい注意をあたえました。でも、四人とも自分たちがしでかしたことをとても悔《く》やんでいたので、先生の心もやわらぎ、もっときつくしかられて当《とう》然《ぜん》なのにそうはなりませんでした。それどころかデ・ウィットさんが、寺男《てらおとこ》のおじいさんにもみんなにも、近くのレストランでコーヒーを一杯《ぱい》ずつふる

まってくれたのです。おかげで体もぽかぽか。まるで、四人のやんちゃぼうずが無事《ぶじ》にもどったお祝《いわ》いのようでした。

「さあ、みなさん」先生は、子どもたちがコーヒーを飲み終わると言いました。「こんどこそほんとうに帰る時間です」みんなは口をぬぐうと、先生のあとについて運河《うんが》に向かい、またスケートをくりつけました。それからデ・ウィットさんが先生と握手《あくしゅ》をかわしました。

「ここでお別《わか》れだ」デ・ウィットさんはなごりおしそうです。「だが、かならずエルスト村にきみをたずねていくよ」

チェルクも家に帰らなくてはいけません。

「お母さんに、ご親切にしていただいてとても感謝《かんしゃ》しています、と、きっと伝《つた》えてくださいね」先生はチェルクに言いました。「それに、ぼくたちに会いにきてくださいね」

チェルクも白い歯を見せてにっこり笑《わら》いました。「先生こそ、おれんちにまたきてください。みんなもです。ひとり残《のこ》らずだよ！」

さようならの言葉をかけあうと、先生と子どもたちは土手のふたりに手を振《ふ》りながらすべりだしました。ふたつの姿《すがた》はすぐに、色濃《こ》くなりはじめた夕闇《ゆうやみ》の中にのみこまれてしまいました。

第六章　家へ帰る

太陽が沈《しず》みました。地平線には金色の筋《すじ》が残《のこ》り、空にはばら色にそまった雲がまばらに浮《う》かんでいるだけです。雪の輝《かがや》きもうすれ、あたりの景色《けしき》も輪郭《りんかく》がぼやけてきました。

あいかわらずヤンとオッケとならんですべっていたエベルトは、ふたりから少しおくれると、いっしょにいこうよ、とシモンに声をかけました。「ちょっと話があるんだけど」と、さも意味ありげです。

シモンはぞくぞくっとしながら「なんだい？」とうれしそうに答えます。

「あのさ」エベルトはひそひそ声で話しだしました。「ヤンとオッケとぼくとでクラブを結成《けっせい》したんだ。探検《たんけん》クラブをね。そいで、うちの農場の裏《うら》に小屋を建《た》てるつもりなんだ。これは秘密《ひみつ》だからね。ほかには、だれもメンバーに加《くわ》えるつもりはない――たぶんアフケ

だけは、ときどききてもいいってことになるだろうけど。でも今日のシモンの活躍《かつやく》ときたら、すごかっただろう。そいで、ぼくたちの仲間《なかま》に入ってくれないかなと思ってるんだ」エベルトはまっすぐシモンを見つめました。

シモンは、瞳《ひとみ》をきらっと輝《かがや》かせると、エベルトの両手をつぶしてしまうかと思うほど強くにぎりました。「きみはいいやつだ、エベルト。ぼくはずっと、友だちになりたかったんだ」

「ぼくだって」エベルトはかみ

しめるように言いました。「シモンと友だちになりたかったんだ」

ふたりは腕《うで》を組んで、もうふたりのコロンブス人のもとにすべっていきました。「シモンが、仲間《なかま》になってもいいってさ」エベルトが勝《か》ち誇《ほこ》ったようにさけびました。

もうそのころには夜の闇《やみ》がしのびより、なにもかもを黒い影《かげ》でおおいはじめていました。町ははるか後ろに遠のき、みんなはいくつもの牧草地《ぼくそうち》をぬけてすべっていきます。風車が巨人《きょじん》のように、薄闇《うすやみ》の中に黒々と浮《う》かびあがって見えます。戸外で体を動かした長い一日のあとで、だれもがぐったりして体も冷《ひ》えきっていました。先生もくたびれていて、このままでは子どもたちが時間どおりに家にもどれないかもしれないと、不安《ふあん》になっていました。朝、あんなに元気で遠足に出発した一団《いちだん》は、今、沈《しず》む太陽にその明るさをぜんぶ持っていかれたかのように、しおれています。

風が起こり、みんなに向かって吹《ふ》きつけるので、顔や手がかじかんできました。スカートがあおられてパタパタと足をたたきます。歌を口ずさむなんて、とてもむりでした。だれもがただもくもくとすべるだけで、おしゃべりをする元気さえないのです。影《かげ》の色がどんどん濃《こ》くなり、地平線のかすかな輝《かがや》きもうすれると、そこかしこで明かりがともりはじめました。子どもたちを居心地《いごこち》のよい家にさそっているようです。けれど、そこはわが家ではありません。エルスト村へ早く帰りたいという気持ちがつのるばかりです。

「先生、お願《ねが》い、少しだけ休んじゃいけない？」ついにアフケが、息もたえだえの小さな声で言いました。

先生は不安《ふあん》げに腕時計《うでどけい》を見つめました。塔《とう》での冒険《ぼうけん》で時間をたくさんついやしてしまったのです。もうじき、すっかり暗くなるでしょう。夜にスケートができないわけではありませんが、危険《きけん》がともないます。先生は眉《まゆ》をひそめましたが、子どもたちが口をそろえて、つかれて一歩も前に進めないと言うので、しかたなく短時間の休憩《きゅうけい》をとることを許《ゆる》しました。

そこで子どもたちは小さな木造《もくぞう》の水門の上に腰《こし》をおろし、頭上に広がる大きな暗い空を見あげました。どんなに家の暖《あたた》かいベッドが恋《こい》しかったでしょう。ああ！　でもその前に、痛《いた》む足で長い距離《きょり》をすべっていかなくてはいけないのです。

けれど、妖精《ようせい》がみんなのひそかな願《ねが》いを聞きとどけてくれたのでしょうか。ふいに陽気な音が静《しず》けさを破《やぶ》ってひびいてきました――かわいい小さな鈴《すず》がチリンチリンと鳴る音と、氷を踏《ふ》む馬のひづめの音です。やがて、夜の闇《やみ》から浮《う》かび出《で》るおばけのように、堂々《どうどう》とした二頭の白い馬に引かれた大きなソリが姿《すがた》を現《あらわ》したとき、男の子たちはいっせいに立ちあがり、やったあーと大さわぎしました。ソリにはだれも乗っていなかったので、先生ははずんだ声で御者《ぎょしゃ》に呼《よ》びかけました。「すみません、乗せてもらえないでしょうか？」

「どこまでかね？」

「エルスト村までです」

「ほいきた。わしもそこにいくとこだ。さあ、みんな、乗った乗った」

なんて、ついているのでしょう！　女の子たちはわれ先にソリにはいのぼると、すぐさま毛布《もうふ》の下にもぐりこみました。男の子たちは、引っぱってもらえるようにポールをソリにつなぎました。女の子たちは、ちょっと前までしおれきっていたのに、体じゅうがぽかぽかしてくると心も明るくなりました。ほっとして空を見つめると星が輝《かがや》きはじめていて、まるで降《ふ》りそ

そぐように光がきらめいています。やがて、カツカツという規則《きそく》正しいひづめの音と調子のよい鈴《すず》の音色にさそわれて、女の子たちはねむりに落ちていきました。けれど、男の子たちと先生は氷のような冷《つめ》たい風を受けて、ねむくなるどころではありません。全員で『きらきら星』の歌をうたいだしました。そんなわけで、スケート遠足の一行は前進を続《つづ》け、意気揚々《いきようよう》とエルスト村に帰り着いたのです。

女の子たちは、先生に手伝《てつだ》ってもらってソリからおりました。体がこわばり、足もぱんぱんにむくんで、立っているのもやっとだったのです。御者《ぎょしゃ》はお礼の言葉を押《お》し返《かえ》すように言いました。

「いやいや、かまわんって。こっちこそ、楽しませてもらってありがとよ」そう言うと帽子《ぼうし》に手をやり、チョチョッと舌《した》を鳴らしました。すると、馬たちはき

びきびした早足でかけだしました。小さな鈴《すず》がさよならを言うようにいっせいに鳴りひびき、御者《ぎょしゃ》の姿《すがた》はすぐに闇《やみ》にのみこまれてしまいました。

さあ、十六の手が先生にさし出されています。そして、十六の口がささやきました。

「先生、楽しい一日をありがとうございました」

先生はエベルトをわきに引っぱっていって、言いました。「いいですか、お母さんに伝《つた》えてくださいね。先生ができるだけ早いうちにおじゃまして事故《じこ》についてお話しします、とね」そう言ってエベルトの頭をなでると、先生は去っていきました。何人かの子どもが、先生を家まで送りとどけようと、ポールを運んでいきます。残《のこ》りの子どもたちは、さようならと明るい声であいさつをして帰っていきました。

エベルトは、特別《とくべつ》に力をこめてシモンの手をにぎりました。「よろしく、ジプシー！あしたまた、だね。これからもずっとパンショーと呼《よ》ばせてもらうよ。ぴったりだもん。それに、もうコロンブス人のひとりだってことを忘《わす》れちゃだめだよ。すぐに、クラブ結成《けっせい》のお祝《いわ》いをするからさ。けど、いいかい、絶対《ぜったい》に秘密《ひみつ》だぞ。じゃあ、また！」

シモンはうなずいて約束《やくそく》をしました。そして手を振《ふ》り、思《おも》い描《えが》いたこともないほど幸せな気分で家に向かいました。ひとりぼっちはおしまいです。友だちができたのです。それも、とくにひとりは、自慢《じまん》したくなるような友だちです。もう、おじさんも、シモンを暗い子だなんて言えなくなりました。これで、ぼくもみんなと同じだ。そう考えるとシモンの足は自然《しぜん》と雪の上で踊《おど》りだし、心は歌うようにはずんでいました。

アフケとエベルトはだまって歩いていました。ふたりとも寒くて、くたくたで、おなかもぺこぺこでした。けれど、家が見えてきたとたんに、早足になりました。お母さんが温かい笑顔《えがお》でふたりを出迎《でむか》え、真っ赤な頬《ほお》にお帰りのキスをしてくれました。ランプの黄色い光が見慣《みな》れた古い家具を照《て》らし、晩《ばん》ごはんがストーブの上で湯気を立てています。ふたりは上着やブーツ、それに靴下《くつした》もぬぎました。

急にお母さんが、あら！　というように目をぱちくりさせました。「エベルト、見たことがない服を着ているわ」そうさけんだのももっともです。ふたりは、服のことをすっかり忘《わす》れていたのです。そこで、晩《ばん》ごはんをほおばりながら災難《さいなん》のことをできるだけことこまかに報告《ほうこく》したので、お母さんはすっかり動転してしまいました。

「まあ、まあ！」お母さんは両手を投げ出してさけびました。「おぼれかかったのね！」お母さんがあんまり大さわぎをして、それに、お父さんを呼《よ》びにあわてて外に飛《と》び出《だ》したりするものですから、ふたりはなんだかえらくなったような気さえしました。お父さんがくると、ふたりはもう一度、災難話《さいなんばなし》のいちぶしじゅうをくり返しました。お父さんもお母さんもいやはやとかぶりを振《ふ》り、お父さんはエベルトのひたいに手を当てて、熱《ねつ》がないかどうかたしかめました。

「うん、だいじょうぶだ」お父さんは安心し、むしろたくましい息子《むすこ》をたのもしく思ったほどでした。「こいつは、これまでだって、病気ひとつしたことがないんだ。今さらぐあいが悪くなることはないさ。心配することはないよ、母さん」

お母さんはエベルトの顔をまじまじと見つめました。「そうね、そうね。見るからに元気だものね。ところで、ほかにはどんなことがあったの？」

つぎは塔《とう》での冒険《ぼうけん》の話です。エベルトは塔《とう》の中でのいきさつを、アフケは塔《とう》の外でのいきさつを、それぞれ説明《せつめい》しました。お父さんもお母さんも、あっけにとられて聞いています。

「まあ、たいへんなめにあったのね！」「いや、まったく」ふたりはおどろいていましたが、シモンのことはすばらしい、ありがたいとほめちぎりました。エベルトもアフケも話をとばさないように気をつけ、シモンのとった行動をあまさず伝《つた》えたからです。シモンがその場にいて聞いていたら、きっと髪《かみ》のはえぎわまで真っ赤になったことでしょう。

晩《ばん》ごはんがすむと、エベルトはお父さんのそばにいき、その膝《ひざ》によりかかりました。

「父さん」エベルトは熱心《ねっしん》にお父さんの目をのぞきこみました。

「なんだい、やんちゃぼうず」

「たのみごとがあるんだ」

「言ってごらん。父さんができることなら、かなえてやってもいいぞ」お父さんはそう言って、息子《むすこ》の真剣《しんけん》な顔をいとしそうに見つめました。

「農場の裏《うら》の小さな荒地《あれち》を使わせてもらいたいんだ。友だちとの秘密《ひみつ》でさ、ほかのだれもこない場所がいるんだけど、いいかな？」

「もちろんだとも！　それで、その秘密《ひみつ》とやらは教えてもらえないんだな？」

エベルトはかぶりを振《ふ》りました。「だめ。けど、いけない秘密《ひみつ》じゃないからね」

「そうか、わかった。おまえを信用《しんよう》しよう。だが、しばらく前に、そこはおまえにやったはずじゃなかったかな？　好《す》きなように使っていいぞ」

ここでアフケがふきげんそうに割《わ》って入りました。「エベルト、あたしがいかれないようなところにするの？」

「えーとね、たぶん、」エベルトが思わせぶりな口調で言いました。「アフケも仲間《なかま》になれるよ。けど、まずはみんなに相談しなくちゃ」そう言ったのも、アフケとコロンブス人のことで、いい考えが浮《う》かんだからです。——探検家《たんけんか》はごはんを作ってもらうために女の人をよく連《つ》れていくよな。だから、アフケはコロンブス人のコックになればいいんだ！

エベルトはお父さんにキスをしておやすみなさいを言いました。とてもくたびれていたからです。それから、お母さんの首に抱《だ》きつくと小声で言いました。「母さん、友だち三人を呼《よ》んで、ちょっとしたパーティーをすぐに開きたいんだ。だから、おいしいケーキを作ってね」

「はいはい、お安い御用《ごよう》ですよ。ふたりとも無事《ぶじ》にもどってきて、母さんはうれしいわ」お母さんがつぶやくように言いました。

「あたしたちも、おうちに帰れてうれしいの」アフケはお母さんにキスをしました。

さあ、お母さんはロウソクをともして、ふたごをベッドに連《つ》れていきます。それから、ふたりの体のまわりにしっかりとかけぶとんをたくしこむと、ふたりが目を閉《と》じるのをやさしく見とどけてから、そっと出ていきました。小さな部屋は暗くなり、常夜灯《じょうやとう》だけがテーブルの上でちらちらゆれています。

夜が銀色の足でしのびよってきました。なんでもご存《ぞん》じのお月さまが雲の合間からまん

丸い顔を出し、はるかな高みから雪をかぶった家々の屋根に冷《つめ》たい光をそそぎました。
ひとつ、またひとつと窓辺《まどべ》の明かりが消えていきます。
村はねむりにつきました。

おしまい

THE END

初版《しょはん》から六十年めの出版《しゅっぱん》によせて——作者のことば

『楽しいスケート遠足』は、わたしの最初《さいしょ》の作品です。そのあとたくさん子ども向けの作品を書きましたが、この本にはいくつもの特別《とくべつ》な思い出があります。ちょうど結婚《けっこん》したばかりで、アメリカ国籍《こくせき》の夫《おっと》アーヴィン・マーリンはダブリン（アイルランドの首都）にあるトリニティー・カレッジで歴史《れきし》と政治《せいじ》の学位《がくい》を取得《しゅとく》すると、アメリカにもどって仕事をさがすことになりました。一九三二年という年で、アメリカは大不況《だいふきょう》のまっただなかです。わたしは妻《つま》なのに、アメリカの市民権《しみんけん》がなかったので、夫《おっと》が職《しょく》を得《え》るまでは入国を許《ゆる》されませんでした。

そこで、ダブリンにとどまって母と暮《く》らすことになりましたが、そのときすでにわたしは、家計の足しにと絵本の制作《せいさく》にかかっていたのです。もともと美術《びじゅつ》学校の生徒《せいと》でしたから、絵筆をとるのはごく自然《しぜん》で、絵を描《か》きながらストーリーも産《う》み出《だ》しました。オランダでの子ども時代への郷愁《きょうしゅう》、とくに運河《うんが》でスケートをした体験《たいけん》がこの本の主題になっています。いったん作品に向かうとすっかり夢中《むちゅう》になり、母が運んできてくれたお茶にうっかり絵筆をひたして、それに気づかないまま絵の具がとけたお茶をすすったこともありましたっけ！

アーヴィンはアメリカにもどるとすぐに、職《しょく》さがしが容易《ようい》でないことに気がつきました。それでも、ルーズベルトが大統領《だいとうりょう》に選出《せんしゅつ》されると、景気《けいき》回復《かいふく》のための経済政策《けいざいせいさく》によって新しい仕事がつくり出され、夫《おっと》は幸運にもそうした仕事のひとつを手に入れることができました。アーヴィンは職《しょく》をさがすいっぽうで、『楽しいスケート遠足』のための出版社《しゅっぱんしゃ》さがしもしてくれました。そして、「ハーパー&ブラザーズ」社が引き受けてくれることになったのです。「ハーパー&ブラザーズ」社は、有名な詩人で、結婚《けっこん》によってわたしと縁《えん》戚関係《せきかんけい》になったエドナ・セイント・ビンセント・ミレーの作品出版《しゅっぱん》も手がけていました。エドナは、『楽しいスケート遠足』初版《しょはん》のために魅力的《みりょくてき》なまえがきを書いてくれています。この本が出版《しゅっぱん》された当時は、フルカラーの絵がたくさん入っているということで、大きな注目を浴《あ》びました。新天地での生活をはじめるにあたって、こうした支《ささ》えを得《え》られたのは幸運なことでした。

わたしはアメリカへの旅費《りょひ》を工面《くめん》するために、肖像画《しょうぞうが》もいくつか描《か》いていましたが、ペイシェンス・コナーとアン・コナーというアイルランド人のふたりの少女を描《か》いたとき、その子たちに『楽しいスケート遠足』のストーリーを語って聞かせました。（こうした肖像画《しょうぞうが》は、一九九〇年にダブリンの美術館《びじゅつかん》ロイヤル・ヒバーニアン・アカデミーで催《もよお》された、わたしの回顧《かいこ》展《てん》のために借《か》り受《う》けることができました。）少女たちは、それぞれ九歳《さい》と十一歳《さい》でしたが、筋書《すじが》きにすっかり引きこまれ、登場人物たちの性格《せいかく》や行動などを真剣《しんけん》にあれこれ検討《けんとう》してくれました。ふたりの情熱《じょうねつ》と、その意見や感想はとても役立ちました。この機会《きかい》に彼女《かのじょ》たちにお礼を述《の》べることができて、うれしく思います。

ヒルダ・ファン・ストックム

一九九四年　二月
ハートフォードシャー州バーカムステッドにて

時をこえた贈《おく》りもの――訳者《やくしゃ》あとがき

『楽しいスケート遠足（A Day on Skates）』は、四分の三世紀《せいき》前の一九三四年にアメリカで出版《しゅっぱん》され、翌年《よくねん》、すぐれた児童書《じどうしょ》に贈《おく》られる権威《けんい》ある《ニューベリー賞《しょう》》の銀メダルを受賞《じゅしょう》した絵本です。作者はオランダ出身の女性《じょせい》画家・作家で、文も絵もすべて自分で手がけています。

みなさんは、このお話をどんなふうに楽しんだでしょうか。魔法《まほう》もスリル満点《まんてん》の戦《たたか》いもないストーリー、出てくるのは遠いオランダの、それもずいぶん昔の子どもたち。それでもつい引きこまれて、エベルトたちといっしょに、運河《うんが》をすいすいすべっているような気分になりませんでしたか？　この本には、時と場所のちがいをこえて読者の心にひびく魅力《みりょく》があるように思います。とはいっても、わたしたちにはなじみのうすい風物や人名が出てきますので、少し補足説明《ほそくせつめい》をしましょう。

＊木靴《きぐつ》　白木をくりぬいて作った木靴《きぐつ》は水に強く、湿気《しっけ》があって砂地《すなじ》の多いオランダでは昔から（とくに農民《のうみん》に）愛用《あいよう》されていました。見かけとちがってはき心地もよく、寒い冬にも暖《あたた》かいということです。

＊**スケート**　大昔の人が動物の骨《ほね》を足にくくりつけて氷の上をすべっていたのを起源《きげん》とすれば、スケートにはじつに長い歴史《れきし》があります。最初《さいしょ》は冬の「交通手段《しゅだん》」でしたが、中世には遊びやスポーツに用いられるようになりました。十六世紀《せいき》の有名な画家ブリューゲルは、冬の風景画《ふうけいが》の中で、氷すべりを楽しむ人々の姿《すがた》を細かに描《えが》いています。今のような形の「スケート靴《ぐつ》」になったのはごく最近《さいきん》のことで、この本ではみんな、自分の靴《くつ》に鉄製《てつせい》の刃《は》を革《かわ》ひもでしばってすべっています。オランダでは、子どもは歩く前にすべることを覚える、と言われるほど日常《にちじょう》生活にとけこんでいて、46ページのさし絵にあるように、椅子《いす》を支《ささ》えに練習するのがいちばん安定感があるそうです。物語の舞台《ぶたい》でもあるフリースラント州には、十一の町を結《むす》ぶ運河《うんが》をスケートで走る競技《きょうぎ》大会があり、今でも運河《うんが》が凍《こお》りつけば、二百キロ近くの長距離《ちょうきょり》レースに一万人もが参加《さんか》するといいます。

＊**ファン・デル・ベルデ**　海洋風景《ふうけい》で有名な十七世紀《せいき》の画家に、この姓《せい》を持つ親子がいます。その芸術的才能《げいじゅつてきさいのう》が家系《かけい》にえんえんと伝《つた》わっていることから、作者がその子孫《しそん》として登場させた架空《かくう》の画家です。

＊**オランダ国歌**　世界でいちばん古い国歌と言われていて、十六世紀《せいき》に作られました。独立《どくりつ》と自由のシンボルとしての勇《いさ》ましい歌は、国民《こくみん》にとても愛《あい》されているそうです。

＊**ポッフェルチェ**　形も焼《や》きかたも鉄板の形もたこ焼《や》きそっくりのお菓子《かし》で、砂糖《さとう》とバターで味つけして食べます。

＊バーンフェーヘル（氷掃《こおりは》きの人）　凍《こお》った運河《うんが》の上の雪を掃《は》いて、スケート道を作るのをおもな仕事とします。昔は、お礼の小銭《こぜに》をあげないとほうきをぶつけられたそうです。

＊ウィレム三世　オランダは十六世紀《せいき》から、宗教《しゅうきょう》や貿易《ぼうえき》の利権《りけん》をめぐって、スペインやフランスに支配《しはい》されたり、英国《えいこく》とも戦争《せんそう》をしたりしました。オラニエ王家のウィレム三世は、十七世紀《せいき》にこうした戦《たたか》いのひとつで洪水《こうずい》を利用して勝利《しょうり》をおさめた統領《とうりょう》です。

＊『きらきら星』　メロディーは日本でもおなじみ。けれど、オランダ語のタイトルは『ひつじよ、ひつじよ、白い毛はあるかい？』で、寒さにふるえる子どもたちのためにも毛をわけてくださいな、という歌詞《かし》です。ちなみに、『マザー・グース』（英国のわらべ歌集）には、ほぼ同じ歌詞《かし》のわらべ歌がおさめられています。その中の黒いひつじがオランダでは白いひつじに、小路《こうじ》の小僧《こぞう》さんが凍《こご》える子どもになっています。

ところで、オランダがどこにあるかを正確《せいかく》に知っていますか？　地図を開いてみてください。ヨーロッパの北西、ベルギーとドイツに囲《かこ》まれ、北極《ほっきょく》まで続《つづ》く北海に面した小さな国、そこがオランダです。正式名称《めいしょう》はネーデルラント王国。オランダ語で《低《ひく》い土地》という意味で、国土の四分の一が海面下です。九州ほどの大きさですが、土地はおおむね平らで、北海からの風がいつも吹《ふ》きつけるため、人々は何百年にもわたって堤防《ていぼう》を築《きず》いては海水の侵入《しんにゅう》を防《ふせ》いできました。エベルトが、凍《こお》ったらいいな、と言ったゾイデル海にも、一九三二年に三百キロもの長さの大堤防《ていぼう》が築《きず》かれて北海からへだてられました。また、湿地《しっち》が多いため、堤防《ていぼう》で囲《かこ》いこんでは水を追い出す干拓《かんたく》という方法《ほうほう》で陸地《りくち》を広げてきました。フリースラント州は低地《ていち》オランダと呼《よ》ばれ、そうした干拓地《かんたくち》が広がっています。風景《ふうけい》をなごませる風車は、干拓地《かんたくち》の水を汲《く》み上《あ》げては、網《あみ》の目《め》状《じょう》に張《は》りめぐらされた運河《うんが》や水路に流して北海にもどすという仕事をするために作られたのです。

また、オランダは《小さな大国》と呼《よ》ばれるほど歴史的《れきしてき》にも文化的《ぶんかてき》にもなかなかのツワモノです。地理的位置《ちりてきいち》からヨーロッパ最大《さいだい》の貿易国《ぼうえきこく》として名をはせ、十七世紀《せいき》には帆船《はんせん》を連《つら》ねて南アフリカやアメリカ、インドやインドネシアにまで香辛料《こうしんりょう》や鉱物《こうぶつ》をもとめて繰《く》り出《だ》しています。そして、江戸《えど》時代がはじまろうとするころの日本にも、漂着《ひょうちゃく》という形でやってきたのです。こうした交易《こうえき》で富《とみ》を得《え》た商人たちが後《うし》ろ盾《だて》になり、レンブラントやフェルメールといった偉大《いだい》な画家たちが生まれたわけです。十九世紀以降《いこう》にも、ゴッホやモンドリアン、だまし絵のエッシャーなど、たくさんの芸術家《げいじゅつか》を輩出《はいしゅつ》しています。あのかわいい「うさこちゃん」は、オランダの絵本作家ディック・ブルーナの作品に登場するキャラクターです。

みなさんの中には、オランダといえばサッカー！　という人もいるでしょう。ワールドカップに何度も出場し、欧州選手権《おうしゅうせんしゅけん》でチャンピオンにもなっている強豪《きょうごう》ですから。チームのシンボルカラー、オレンジは、オランダ王家であるオラニエ（オランダ語でオレンジの意味）王家にちなんだナショナル・カラーです。

作者のヒルダ・ファン・ストックムさんは一九〇八年にオランダのロッテルダムに生まれ、二〇〇六年十一月、英国《えいこく》において九十八歳《さい》で亡《な》くなっています。父親はオランダ海軍《かいぐん》の将校《しょうこう》で、母方の祖父《そふ》はオランダの有力新聞の編集者《へんしゅうしゃ》。芸術《げいじゅつ》と学問を愛《あい》する、にぎやかな家庭に育ちました。父親の教育方針《ほうしん》で、十歳《さい》まで学校に行かず自宅《じたく》で教育を受けています。母方の祖母《そぼ》がアイルランド人だったので、オランダに住みながら家では英語《えいご》が使用されていたそうです。小さいころからお話作りやお絵かきが大好《だいす》きで、大きくなるとアイルランドとオランダの美術《びじゅつ》学校に通いました。オランダの学校では野外スケッチ旅行がたびたびあり、そのとき訪《おとず》れた場所のひとつがエルスト村です。そうした折《おり》に描《か》きとめた伝統的《でんとうてき》な建物《たてもの》や牧歌的《ぼっかてき》な風景《ふうけい》が、のちのちのさし絵の下地になっているのです。二十三歳《さい》でアメリカ人と結婚《けっこん》し渡米《とべい》しましたが、はじめての作品『楽しいスケート遠足』で脚光《きゃっこう》を浴《あ》びると、物語る自信《じしん》もつき、亡《な》くなるまでに絵本をふくめて二十冊《さつ》ほどの本を出版《しゅっぱん》しています。さし絵もすべて自分でこなし、画家としても絵筆を休めることなく生涯《しょうがい》にわたって描《か》き続《つづ》けました。静物画《せいぶつが》や肖像画《しょうぞうが》はアイルランドや英国《えいこく》で賞《しょう》を受けています。

画家・作家として仕事にうちこむいっぽうで、ご主人が政府《せいふ》や国際機関《こくさいきかん》の仕事に従事《じゅうじ》していたためにワシントンやカナダに移《うつ》り住《す》みながら、六人のお子さんを育てあげました。物語作品には、お子さんたちをモデルにしたユーモラスなお話、アイルランドを舞台《ぶたい》にしたかわいいファンタジー、作品としても評価《ひょうか》が高い、戦争《せんそう》を背景《はいけい》にしたお話などがあります。第二次大戦《たいせん》時、オランダはナチス・ドイツに占領《せんりょう》されましたが、たくさんの人がレジスタンスという抵抗《ていこう》運動でナチス軍《ぐん》とたたかい、危険《きけん》をおかしてユダヤ人をかくまっています。そうした事実は『アンネの日記』（アンネ・フランク著《ちょ》）や『第八森の子どもたち』（エルス・ペルフロム作／野坂悦子訳《のざかえつこやく》）にも描《えが》かれていますが、ヒルダさんの手になる、風車の羽根の位置《いち》で情報《じょうほう》を伝達《でんたつ》してレジスタンスに協《きょう》力《りょく》をする少年たちのお話も、弟さんが体験《たいけん》した実話にもとづいています。

ヒルダさんは、子ども時代にヨーロッパで普及《ふきゅう》したモンテッソーリ教育の洗礼《せんれい》を受けています。子どもひとりひとりの能力《のうりょく》と自発性《じはっせい》を尊重《そんちょう》するというその基本方針《きほんほうしん》は、自身の人生をつらぬく姿《し》勢《せい》となって、お子さんの教育はもちろん、作品中の子どもたちの描《えが》きかたにも表れているように思います。今はもう、みなさんのおじいさんやおばあさんより高齢《こうれい》になったお子さんたちは、お母さんはだれにでも公平な、楽しい人だったと語っています。成人《せいじん》してから改宗《かいしゅう》したカトリックへの信仰心《しんこうしん》は強く、精神的《せいしんてき》にも凛《りん》としていたそうです。オランダの多彩《たさい》な文化と歴史《れきし》に育まれたヒルダさんの豊《ゆた》かな感性《かんせい》は、子どもや日常《にちじょう》のささいな部分に光をあて、事実をそこなうことなくその美しさを描《えが》き出《だ》す、という物語や絵に結実《けつじつ》しています。

本書が評判《ひょうばん》になった当時のアメリカは、そのさき数十年と続《つづ》く絵本の黄金期の幕開《まくあ》けを迎《むか》え、さまざまな絵本たちが出番を待っていました。その中には今も読みつがれている絵本もたくさんあります。でも、この、外国の農村の子どもの一日をヨーロッパらしい芸術的《げいじゅつてき》な絵と温かい筆致《ひっち》で描《えが》いた作品は、より平明・モダンでアメリカ的なアート感覚《かんかく》の絵本の陰《かげ》にかくれてしまい、一九九四年に六十年ぶりに復刊《ふっかん》されるまで、長い間入手しにくい状態《じょうたい》になっていたのです。作者自身は、日本にはさし絵画家として、一九五二年に邦訳《ほうやく》が出た『ハンス・ブリンカー――銀のスケート――』（M・M・ドッジ作／石井《いしい》桃子《ももこ》訳《やく》）でお目見えしていますが、今回はじめてお話と絵を合わせた作品が翻訳紹介《ほんやくしょうかい》されることになったいきさつは、ふしぎなご縁《えん》としか言いようがありません。

　本書との出会いのきっかけは、二〇〇六年にニューヨーク在住《ざいじゅう》のディナ&《アンド》ジェイ・ボック夫妻《ふさい》から思いがけなくもたらされたものです。夫妻《ふさい》は、当時ニューヨークで研究生活を送っていたわたしの息子《むすこ》と懇意《こんい》にしていて、わたしが翻訳《ほんやく》の仕事をしていることもご存《ぞん》じでした。その年の暮《くれ》、夫妻《ふさい》があるパーティーで、お母さんを亡《な》くしたばかりの作者の息子《むすこ》さんと偶然《ぐうぜん》に会われたことから本書の存在《そんざい》を知り、わたしに紹介《しょうかい》してくださったのです。

　最初《さいしょ》に手にしたとき、いっぺんで表紙の絵に魅了《みりょう》されてしまいました。お話を追いながら、ほっかりした安心感に包《つつ》まれたのを覚《おぼ》えています。なつかしいだいじな人にやっと出会えた――そんな気持ちでした。ぜひ日本版《ばん》を作らせてくださいと申し出たのは、言うまでもありません。

　刊行《かんこう》から長い時をへて、本書をこうしてみなさんに紹介《しょうかい》できるようになったのは、亡《な》くなった作者がバーンフェーヘルとなって道筋《みちすじ》を整えてくれたおかげではないかとさえ思えます。日本とオランダの昔からの長いつながりが、見えないところで後押《あとお》しをしてくれたのかもしれません。

　でも、実際《じっさい》に出版《しゅっぱん》に至《いた》ることができたのは、たくさんのかたたちのお力ぞえがあってのことです。作者の末《すえ》っ子《こ》の経済《けいざい》学者であるジョン・テッパー・マーリン氏や、幻想《げんそう》画家として英国《えいこく》で活《かつ》躍《やく》中の次女ブリギッド・マーリンさんには、初版本《しょはんぼん》の入手をふくめ、たくさんの便宜《べんぎ》をはかっていただきました。オランダ語の日本語表記や『きらきら星』の解釈《かいしゃく》は、オランダのすぐれた児童《じどう》書《しょ》をたくさん翻訳《ほんやく》なさっている野坂悦子《のざかえつこ》さんのご教授《きょうじゅ》です。また、オランダの風物に関《かん》して教えてくれたライデン在住《ざいじゅう》のオッケ・ケルファース氏《し》と奥《おく》さんの佐々木香織《ささきかおり》さん、最初《さいしょ》の訳文《やくぶん》を読んで応援《おうえん》してくれた翻訳仲間《ほんやくなかま》の井上千里《いのうえちさと》さんにも感謝《かんしゃ》いたします。よい本を子どもたちに手わたしたい、という熱意《ねつい》で翻訳《ほんやく》の機会《きかい》を与《あた》えてくださった福音館書店編集部《ふくいんかんしょてんへんしゅうぶ》のみなさまにも、この場をお借《か》りしてお礼を申し上げます。

ひとりでも多くの日本の子どもたちが、この〝贈《おく》りもの〟を楽しんでくれたらと願《ねが》います。

天国のヒルダさんや、いつもその活動を温かく見守っていらしたご主人、そして今も愛情《あいじょう》深かったお母さんへの想《おも》いと誇《ほこ》りを抱《いだ》きながら、世界各国《かっこく》でご活躍《かつやく》中のお子さんたちの笑顔《えがお》が、目に見えるようです。

二〇〇九年　秋

ふなと よし子

著者／ヒルダ・ファン・ストックム（Hilda van Stockum）
1908年、オランダのロッテルダムに生まれる。
乳児期を西インド諸島ですごしたのち、オランダやアイルランドで育ち、ダブリンの美術学校とアムステルダムのレイクス・アカデミーで絵画を学ぶ。アメリカ人と結婚して1934年に渡米、同年に刊行した本書が1935年度ニューベリー賞のオナー（次点）に選ばれる。以来、6人の子どもを育てながら、作家・イラストレーター・画家として創作活動にうちこみ、生涯に22冊の絵本・児童書を世に出す（邦訳は本書がはじめて）。画家としてもアイルランドで名声を博し、静物画のひとつが1993年発行のアイルランドの郵便切手に採用された。
2006年、英国にて歿。

…………

訳者／ふなと よし子（船渡佳子）
岩手県に生まれる。
日本女子大学家政学部児童学科卒。文庫活動や読書会の経験をへて、第１回外国絵本翻訳コンクール「最優秀」受賞を契機に翻訳活動に入る。訳書に、『はじめてのふゆ』『のろのろデイジー』（いずれもロブ・ルイス作／ほるぷ出版）、『９番教室のなぞ』（ジュリア・ジャーマン作／松柏社）、『ビッグバードが教えてくれた大切なこと』（キャロル・スピニー著／ＰＨＰ研究所）、『キュリアス・マインド』（ジョン・ブロックマン編／幻冬舎）ほかがある。日本女子大学児童文学研究会『日月』会所属。現在、仙台市在住。

楽しいスケート遠足
2009年10月30日　初版発行
2010年10月15日　第 2 刷

著者　ヒルダ・ファン・ストックム
訳者　ふなと よし子
装丁　森枝雄司
発行　株式会社 福音館書店
〒113-8686　東京都文京区本駒込6-6-3
電話（販売部）03-3942-1226
（編集部）03-3942-2780
http://www.fukuinkan.co.jp/
印刷　錦明印刷
製本　島田製本

乱丁・落丁本は、小社出版部宛ご送付ください。
送料小社負担にてお取り替えいたします。
NDC933　152ページ　21×16cm
ISBN978-4-8340-2447-0